STAR WARS™

GRAPHICS

Bibliografische Information der Deutschen Nationalbibliothek:
Die Deutsche Nationalbibliothek verzeichnet diese Publikation
in der Deutschen Nationalbibliografie.
Detaillierte bibliografische Daten sind im Internet
über http://dnb.d-nb.de abrufbar.

MIX
Papier aus verantwortungsvollen Quellen
FSC® C104723
FSC
www.fsc.org

3 2 1 C B A

Titel der französischen Originalausgabe: Star Wars: Graphics – L'univers décrypté en infographie,
ISBN 978-2-01-146120-9

Deutsche Ausgabe
Übersetzung: Dr. habil. Wolfgang Hensel
ISBN 978-3-473-49025-7
www.ravensburger.de

VIRGILE ISCAN

STAR WARS™

GRAPHICS

Ravensburger Buchverlag

Es war einmal vor langer Zeit in einer weit, weit entfernten Galaxis ...

INHALT

ALLGEMEINE INFORMATIONEN

ERSTE TRILOGIE

ZWEITE TRILOGIE

ALLGEMEINE INFORMATIONEN

[1977-2005]

BESPIN

Biosphäre:
Gas, Wolken
Durchmesser:
118 000 km
Ureinwohner:
Neu-Bespinianer
Bevölkerungszahl:
6 Millionen
Filme:
Episoden V und VI

KAMINO

Biosphäre:
Ozeane
Durchmesser:
19 270 km
Ureinwohner:
Kaminoaner
Bevölkerungszahl:
1 Million
Filme:
Episode II

UTAPAU

Biosphäre:
Wüste
Durchmesser:
12 900 km
Ureinwohner:
Utai und Pau'aner
Bevölkerungszahl:
95 Millionen
Filme:
Episode III

KASHYYYK

Biosphäre:
Wälder, Ebenen
Durchmesser:
12 765 km
Ureinwohner:
Wookiees
Bevölkerungszahl:
45 Millionen
Filme:
Episode III

ALDERAAN

Biosphäre:
Wälder, Seen, Gebirge
Durchmesser:
12 500 km
Ureinwohner:
Killik
Bevölkerungszahl:
2 Milliarden
Filme:
Episoden III und IV

CORUSCANT

Biosphäre:
Städte
Durchmesser:
12 240 km
Ureinwohner:
Menschen
Bevölkerungszahl:
1 Billion
Filme:
Episoden I, II, III und VI

NABOO

Biosphäre:
Ebenen, Seen
Durchmesser:
12 120 km
Ureinwohner:
Gungans
Bevölkerungszahl:
4,5 Milliarden
Filme:
Episoden I, II, III und VI

GEONOSIS

Biosphäre:
Felsen, Wüsten, Gebirge
Durchmesser:
11 370 km
Ureinwohner:
Geonosianer
Bevölkerungszahl:
100 Milliarden
Filme:
Episode II

TATOOINE

Biosphäre:
Wüste
Durchmesser:
10 465 km
Ureinwohner:
Tusken (Sandleute)
Bevölkerungszahl:
80 000
Filme: Episoden I, II, III, IV und VI

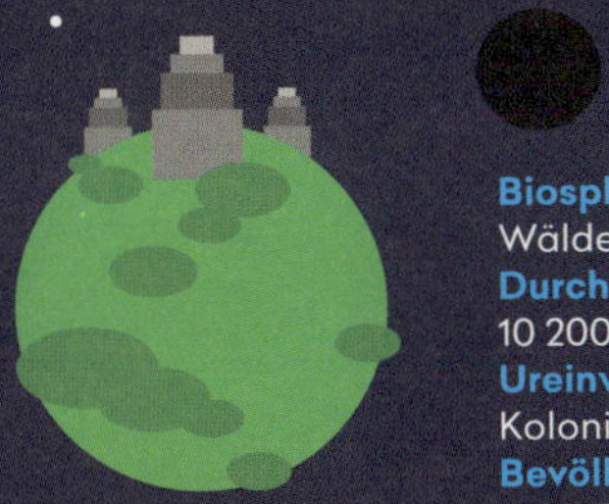

YAVIN 4

Biosphäre:
Wälder
Durchmesser:
10 200 km
Ureinwohner:
Kolonisten
Bevölkerungszahl:
0–1 000
Filme:
Episode IV

MYGEETO

Biosphäre:
Eis
Durchmesser:
10 088 km
Ureinwohner:
Lurmen
Bevölkerungszahl:
19 Millionen
Filme:
Episode III

FELUCIA

Biosphäre:
Pilzwälder
Durchmesser:
9 100 km
Ureinwohner:
Felucianer
Bevölkerungszahl:
8,5 Millionen
Filme:
Episode III

DAGOBAH

Biosphäre:
Sümpfe
Durchmesser:
8 900 km
Ureinwohner:
Tash
Bevölkerungszahl:
1
Filme:
Episoden V und VI

HOTH

Biosphäre:
Eis
Durchmesser:
7 200 km
Ureinwohner:
Skels
Bevölkerungszahl:
unbekannt
Filme:
Episode V

ENDOR

Biosphäre:
Wälder
Durchmesser:
4 900 km
Ureinwohner:
Ewoks
Bevölkerungszahl:
30 Millionen
Filme:
Episode VI

MUSTAFAR

Biosphäre:
Vulkane, Lava
Durchmesser:
4 200 km
Ureinwohner:
Mustafarianer
Bevölkerungszahl:
20 000
Filme:
Episode III

„Aber wer wurde vernichtet, der Meister oder der Schüler?“, fragt Mace Windu Yoda am Ende der Episode *Die dunkle Bedrohung*. Diese Diagramme stellen dir Jedi-Meister und ihre Schüler vor.

VSY = Vor der Schlacht von Yavin

NSY = Nach der Schlacht von Yavin

Geburtsjahr: 147–120 VSY
Todesjahr: 32 NSY
Spezies: Muun
Planet: Mygeeto

♂

DARTH PLAGUEIS

SEIN MEISTER: Darth Tenebrous
SEIN SCHÜLER: Darth Sidious

FILM(E)

I II III IV V VI

Geburtsjahr: 82 VSY
Todesjahr: 4 NSY
Spezies: Mensch
Planet: Naboo

♂ 1,78 m 75 kg

DARTH SIDIOUS
(Palpatine)

SEIN MEISTER: Darth Plagueis
SEINE SCHÜLER: Darth Maul, Darth Tyranus, Darth Vader

FILM(E)

I II III IV V VI

Geburtsjahr: 54 VSY
Todesjahr: 32 NSY
Spezies: Dathomirianer
Planet: Dathomir

♂ 1,75 m 80 kg

DARTH MAUL

SEIN MEISTER: Darth Sidious
SEIN SCHÜLER: Savage Opress

FILM(E)

I II III IV V VI

Geburtsjahr: 102 VSY
Todesjahr: 19 NSY
Spezies: Mensch
Planet: Serenno

♂ 1,93 m 80 kg

DARTH TYRANUS
(Als Jedi: Count Dooku)

SEINE MEISTER: Yoda, Darth Sidious
SEINE SCHÜLER: Qui-Gon Jinn, Asajj Ventress (dunkler Jedi), Savage Opress (dunkler Jedi)

FILM(E)

I II III IV V VI

Geburtsjahr: 41,9 VSY
Todesjahr: 4 NSY
Spezies: Mensch
Planet: Tatooine

♂ 2,02 m 136 kg

DARTH VADER

SEIN MEISTER: Darth Sidious
SEINE SCHÜLER: ?

FILM(E)

I II III IV V VI

Geburtsjahr: 41,9 VSY
Todesjahr: 4 NSY
Spezies: Mensch
Planet: Tatooine

♂ 1,88 m 84 kg

ANAKIN SKYWALKER

SEINE MEISTER: Obi-Wan Kenobi, Ki-Adi-Mundi
SEINE SCHÜLERIN: Ahsoka Tano

FILM(E)

I II III IV V VI

Geburtsjahr: unbekannt
Todesjahr: 19 VSY
Spezies: Dathomirianer / Zabrak Iridonianer
Planet: Nar Shadaa
♂ 1,71 m

EETH KOTH

SEIN MEISTER: Kosul Ayada
SEIN SCHÜLER: Sharad Hett

FILM(E)
I | II | III | IV | V | VI

Geburtsjahr: 72 VSY
Todesjahr: 19 NSY
Spezies: Mensch
Planet: Haruun Kal
♂ 1,88 m
84 kg

MACE WINDU

SEINE MEISTER: Yoda, T'ra Saa
SEINE SCHÜLER: Depa Billaba, Devan For'deschel, Echu Shen-Jon, Darrus Jeht

FILM(E)
I | II | III | IV | V | VI

Geburtsjahr: unbekannt
Todesjahr: 19 VSY
Spezies: Mensch
Planet: Chalacta
♀ 1,68 m

DEPA BILLABA

IHR MEISTER: Mace Windu

FILM(E)
I | II | III | IV | V | VI

Geburtsjahr: 92 VSY
Todesjahr: 19 VSY
Spezies: Cereaner
Planet: Cerea
♂ 1,98 m
82 kg

KI-ADI-MUNDI

SEINE MEISTER: An'ya Kuro, Yoda
SEINE SCHÜLER: A'Sharad Hett, Anakin Skywalker, Dama Montalvo, Tarr Seirr

FILM(E)
I | II | III | IV | V | VI

Geburtsjahr: 896 VSY
Todesjahr: 4 NSY
Spezies: unbekannt
Planet: unbekannt
♂ 66 cm
17 kg

YODA

SEIN MEISTER: N'Kata Del Gormo
SEINE SCHÜLER: Count Dooku, Mace Windu, Cin Drallig, Ikrit, Qu Rahn, Rahm Kota, Obi-Wan Kenobi, Kit Fisto, Ki-Adi-Mundi, Oppo Rancisis, Luke Skywalker

FILM(E)
I | II | III | IV | V | VI

Geburtsjahr: unbekannt
Todesjahr: 19 NSY
Spezies: Iktotchi
Planet: Iktotch
♂ 1,88 m

SAESEE TIIN

SEIN MEISTER: Omo Bouri

FILM(E)
I | II | III | IV | V | VI

Geburtsjahr: 392 VSY
Todesjahr: 19 VSY
Spezies: Kel'Dor
Planet: Kel'Dor
♂ 1,88 m
80 kg

PLO KOON

SEIN MEISTER: Tyvokka
SEINE SCHÜLER: Bultar Swan, Lissarkh

FILM(E)

I II III IV V VI

Geburtsjahr: unbekannt
Todesjahr: 27 VSY
Spezies: Quermianer
Planet: Quermia
♂ 2,64 m

YARAEL POOF

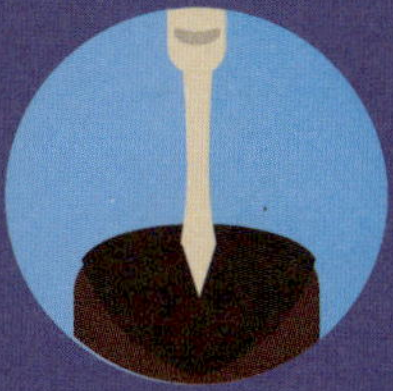

SEIN SCHÜLER: Roron Corobb

FILM(E)

I II III IV V VI

Geburtsjahr: 206 VSY
Todesjahr: 19 VSY
Spezies: Thisspiasianer
Planet: Thisspias
♂ 1,38 m

OPPO RANCISIS

SEINE MEISTER: Yaddle, Yoda

FILM(E)

I II III IV V VI

Geburtsjahr: unbekannt
Todesjahr: 20 VSY
Spezies: Tholothianer
Planet: Coruscant
♀ 1,84 m
50 kg

ADI GALLIA

IHR SCHÜLER: Siri Tachi

FILM(E)

I II III IV V VI

Geburtsjahr: 509 VSY
Todesjahr: 26 VSY
Spezies: unbekannt
Planet: unbekannt
♀ 61 cm

YADDLE

IHR MEISTER: Polvin Kut
IHRE SCHÜLER: Oppo Rancisis, Empatojayos Brand

FILM(E)

I II III IV V VI

Geburtsjahr: unbekannt
Todesjahr: 21 VSY
Spezies: Lannik
Planet: Lannik
♂ 1,22 m

EVEN PIELL

SEIN SCHÜLER: Jax Pavan

FILM(E)

I II III IV V VI

JEDI VS SITH

Die Star Wars-Saga basiert auf der Todfeindschaft zwischen Sith und Jedi. Hier wird erklärt, wann und wo Jedi und Sith gegeneinander kämpfen.

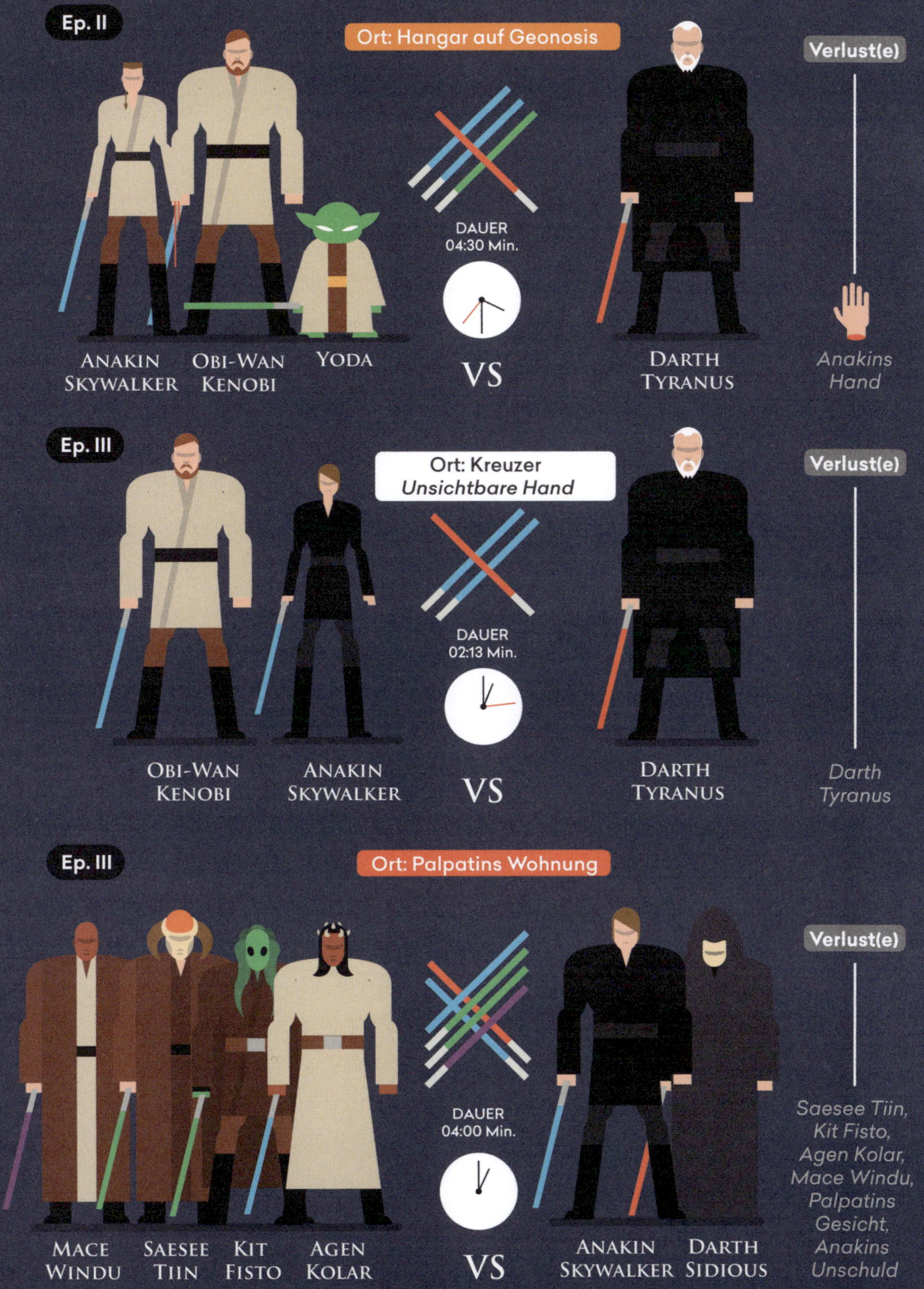
Ep. II
Ort: Hangar auf Geonosis
Verlust(e)
DAUER
04:30 Min.
ANAKIN SKYWALKER
OBI-WAN KENOBI
YODA
VS
DARTH TYRANUS
Anakins Hand
Ep. III
Ort: Kreuzer
Unsichtbare Hand
Verlust(e)
DAUER
02:13 Min.
OBI-WAN KENOBI
ANAKIN SKYWALKER
VS
DARTH TYRANUS
Darth Tyranus
Ep. III
Ort: Palpatins Wohnung
Verlust(e)
DAUER
04:00 Min.
MACE WINDU
SAESEE TIIN
KIT FISTO
AGEN KOLAR
VS
ANAKIN SKYWALKER
DARTH SIDIOUS
Saesee Tiin, Kit Fisto, Agen Kolar, Mace Windu, Palpatins Gesicht, Anakins Unschuld

Ep. III

Ort: Galaktischer Senat

Yoda VS Darth Sidious

Verlust(e)

Keine

Ort: Mustafar

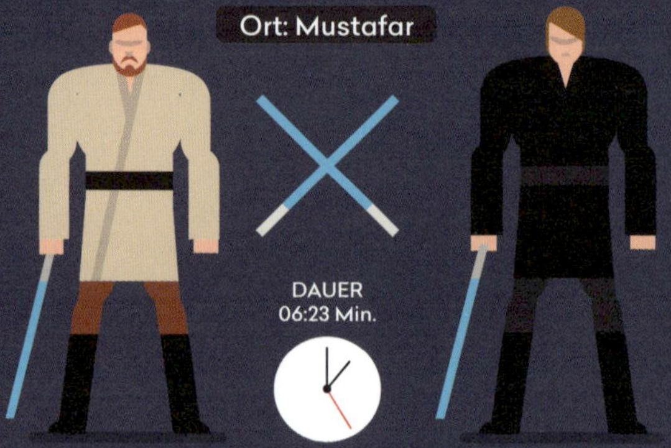

Obi-Wan Kenobi VS Anakin Skywalker

Verlust(e)

Anakin

Ep. IV

Ort: Todesstern

Obi-Wan Kenobi VS Darth Vader

Verlust(e)

Obi-Wan

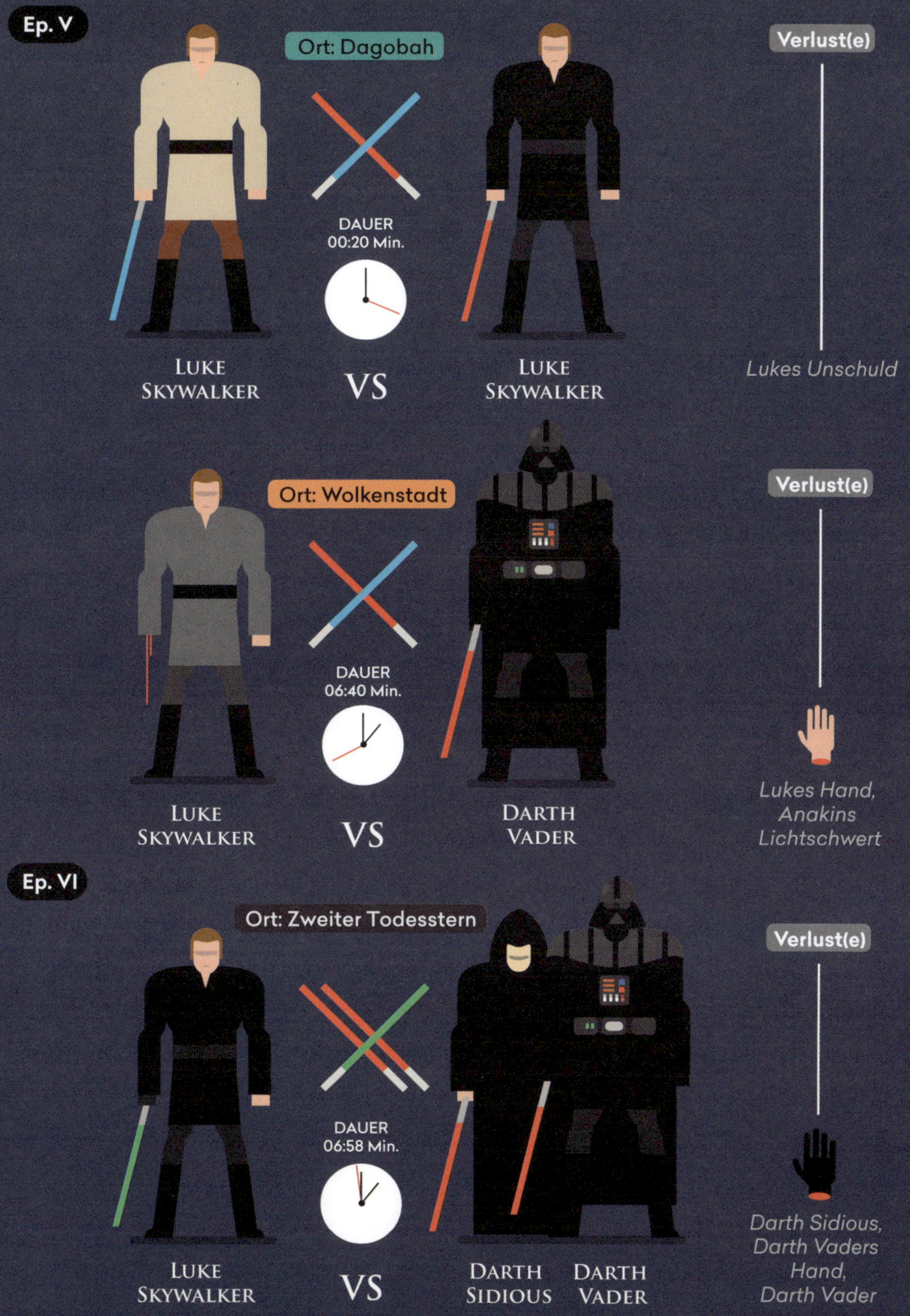
Ep. V
Ort: Dagobah
DAUER
00:20 Min.
LUKE SKYWALKER
VS
LUKE SKYWALKER
Verlust(e)
Lukes Unschuld
Ort: Wolkenstadt
DAUER
06:40 Min.
LUKE SKYWALKER
VS
DARTH VADER
Verlust(e)
Lukes Hand,
Anakins
Lichtschwert
Ep. VI
Ort: Zweiter Todesstern
DAUER
06:58 Min.
LUKE SKYWALKER
VS
DARTH SIDIOUS
DARTH VADER
Verlust(e)
Darth Sidious,
Darth Vaders
Hand,
Darth Vader

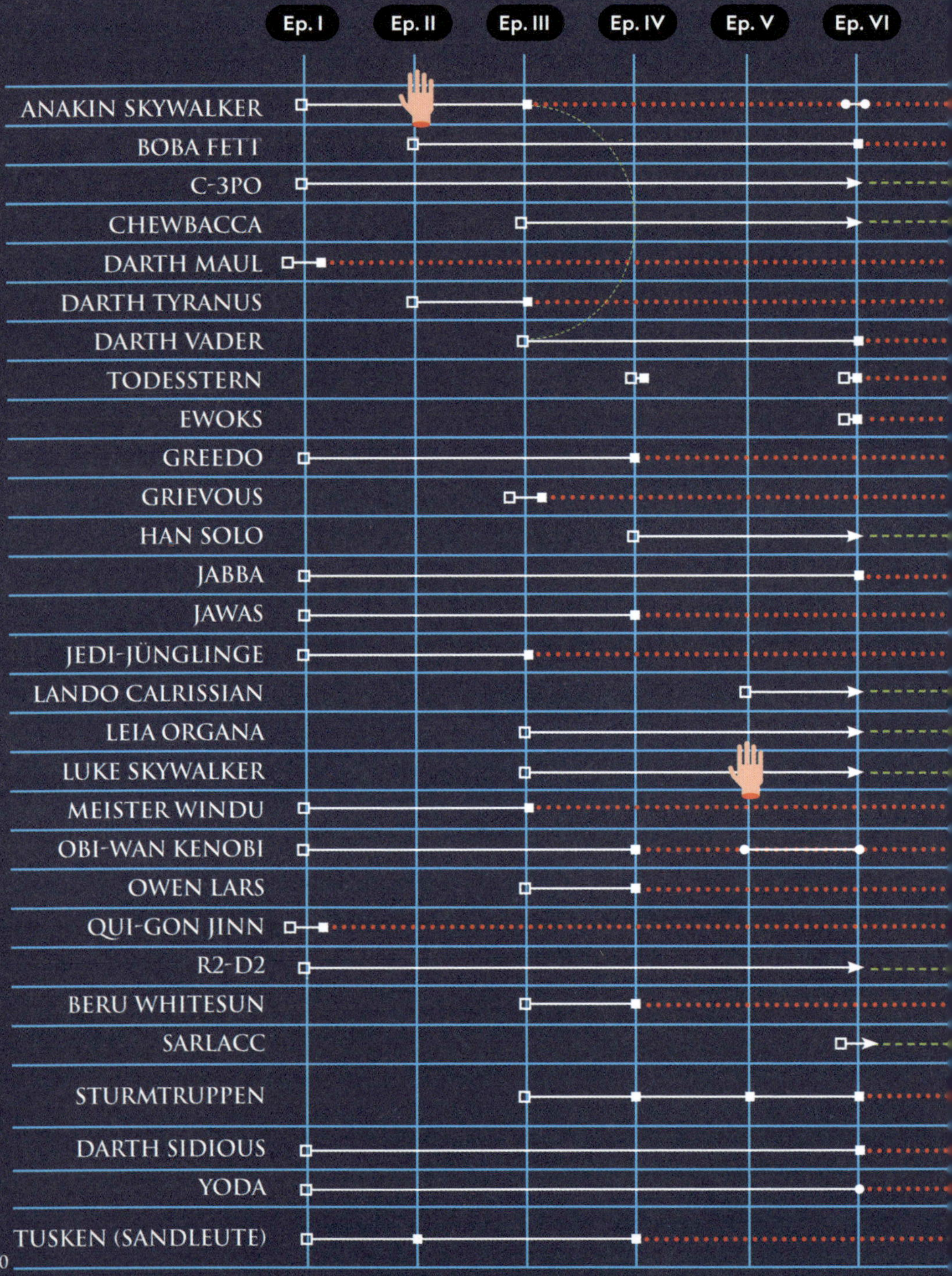
Ep. I
Ep. II
Ep. III
Ep. IV
Ep. V
Ep. VI
ANAKIN SKYWALKER
BOBA FETT
C-3PO
CHEWBACCA
DARTH MAUL
DARTH TYRANUS
DARTH VADER
TODESSTERN
EWOKS
GREEDO
GRIEVOUS
HAN SOLO
JABBA
JAWAS
JEDI-JÜNGLINGE
LANDO CALRISSIAN
LEIA ORGANA
LUKE SKYWALKER
MEISTER WINDU
OBI-WAN KENOBI
OWEN LARS
QUI-GON JINN
R2-D2
BERU WHITESUN
SARLACC
STURMTRUPPEN
DARTH SIDIOUS
YODA
TUSKEN (SANDLEUTE)

KÄMPFER UND OPFER

Erstes Auftreten
Tod durch
Erneutes Auftreten
Lebenszeit

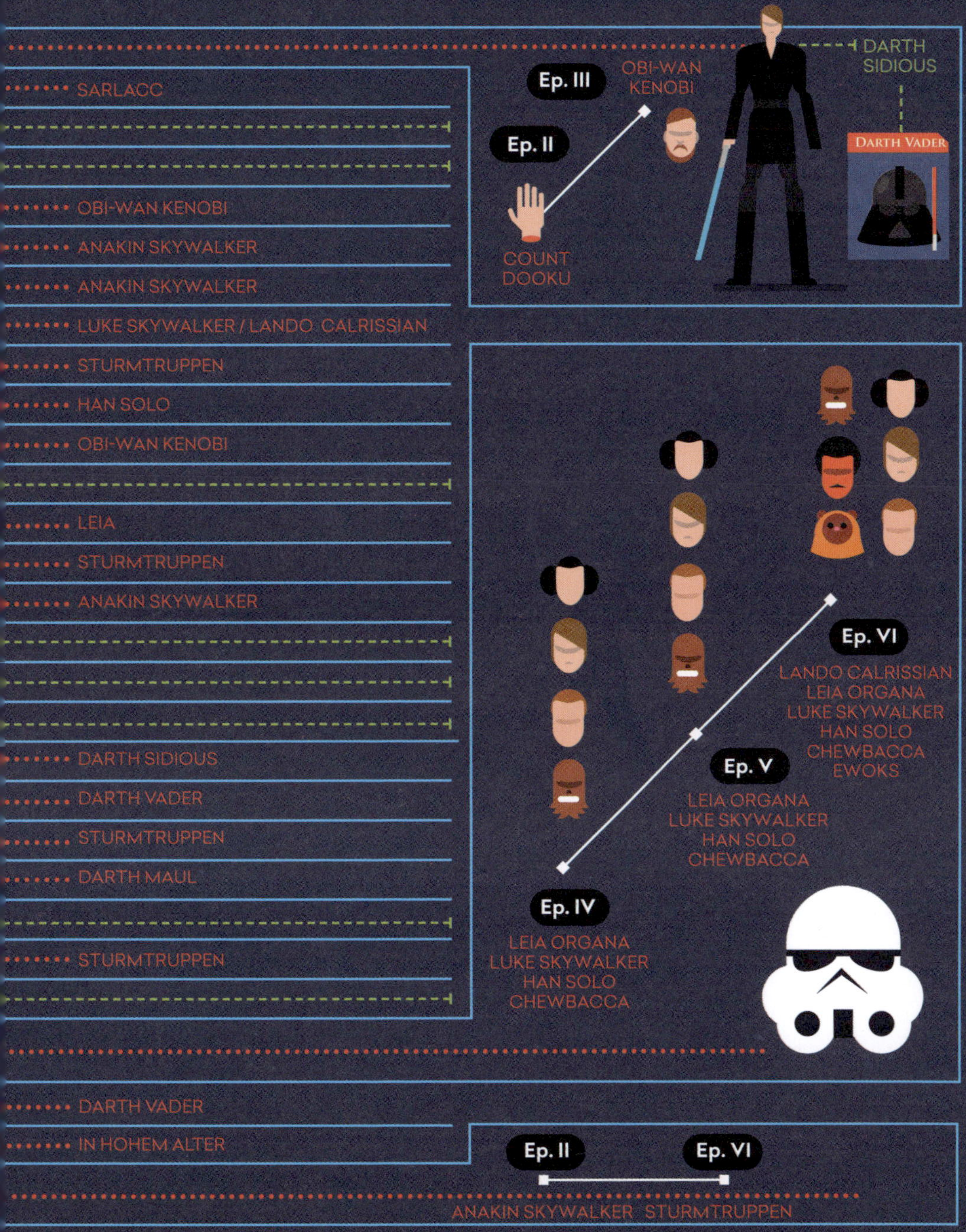

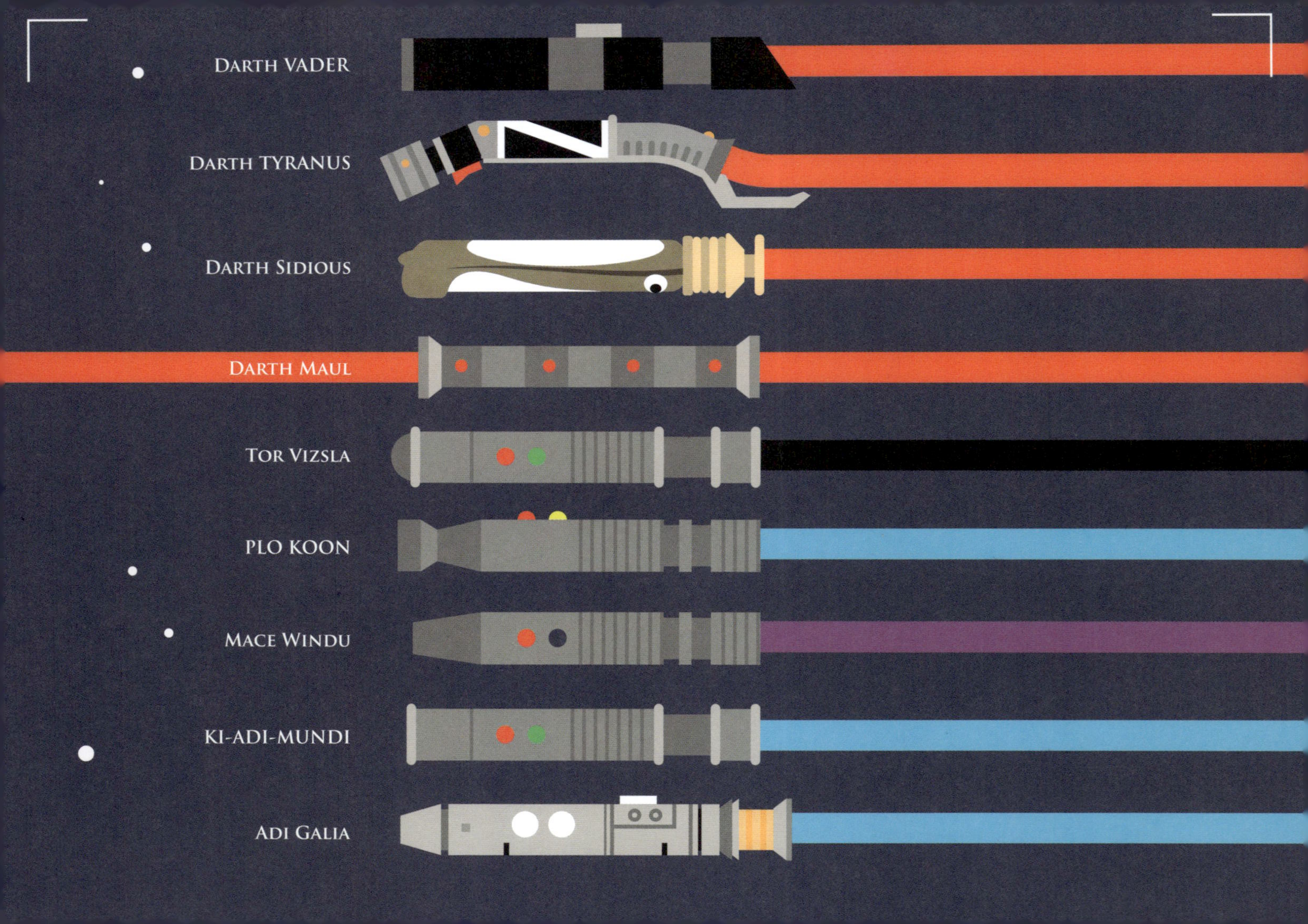

Darth Vader
Darth Tyranus
Darth Sidious
Darth Maul
Tor Vizsla
Plo Koon
Mace Windu
Ki-Adi-Mundi
Adi Galia

OBI-WAN KENOBI
SHAAK TI
ANAKIN / LUKE SKYWALKER
LUKE SKYWALKER
KIT FISTO
SAESEE TINN
YODA
QUI-GON JINN

MULTI-TRUPPEN TRANSPORTER (MTT)
FÖDERATION — I

- 112 B1-Kampfdroiden oder 20 Droidekas

50 km/h

500 km/h

74-Z DÜSENSCHLITTEN
IMPERIUM —

- Ax-20-Blasterkanone

250 km/h

LANDGLEITER
NEUTRAL — IV

50 100 150 200 250 300 350 400 450 500

80 km/h

OG-9 SPÜR-SPINNENDROIDE
FÖDERATION — II

- Peillaser
- Antipersonenlaser
- Ausfahrbare Ionenkanone

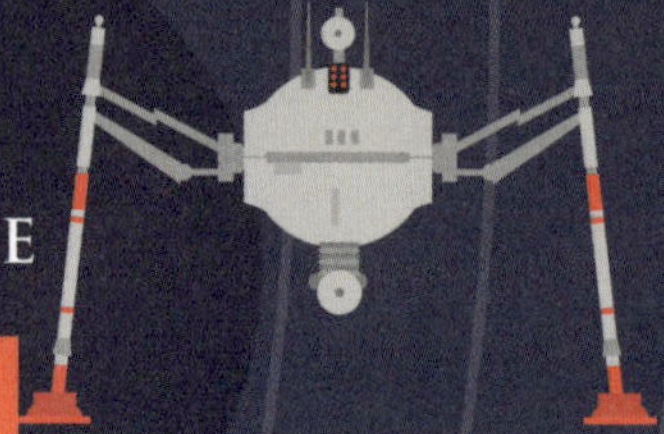

60 km/h

ALLTERRAIN-ANGRIFFS-TRANSPORTER (AT-AT)
IMPERIUM — V / VI

- 2 Taim & Bak MS-1 Laserkanonen
- 2 FF-4 Repetierblaster
- 4 Zehenscheiben aus Durastahl
- 5 Düsenschlitten
- 2 Allterrain-Scouttransporter (AT-ST) / 40 Sturmtruppler

650 km/h

BLUTFLOSSE
IMPERIUM — I

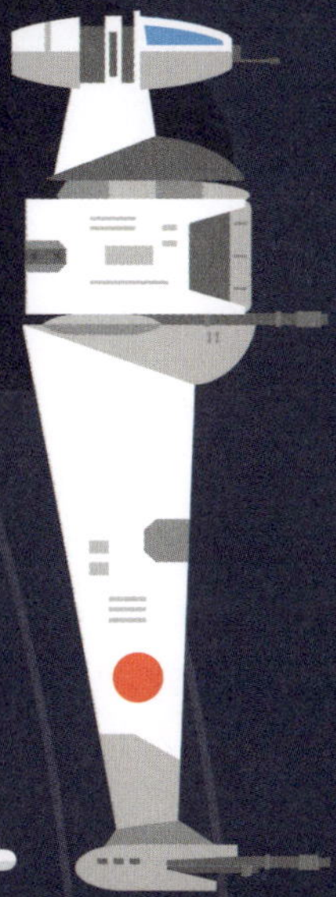

950 km/h

A/SF-01B-FLÜGEL STERNJÄGER
REBELLEN — VI

KÖNIGLICHES RAUMSCHIFF VON NABOO (J-TYP 327)
920 km/h

REPUBLIK — I / II / III

- 3 ArMek SW-7a leichte Ionenkanonen
- 1 Gyrhil R-9X schwere Laserkanone
- 1 Gyrhil 72 Doppelautoblaster
- Krupx MG9 Protonentorpedowerfer mit je 8 Protonentorpedos

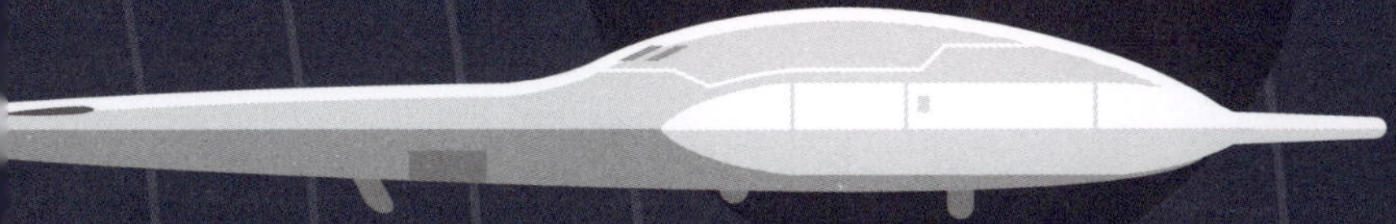

550 600 650 700 750 800 850 900 950 1000 km/h

STERNZERSTÖRER
IMPERIUM — IV / V / VI

975 km/h

- 6 Geschütztürme mit schweren Turbolasern
- 2 Doppeltürme mit Ionenkanonen
- 4 Turbolaser
- 5 mittelschwere Turbolaser
- 60 Taim & Bak XX-9 Turbolaser
- 60 Borstel NK-7 Ionenkanonen
- 10 Phylon Q7 Fangstrahlprojektoren
- 48 TIE-Sternjäger
- 12 TIE-Bomber
- 12 TIE-Transporter
- 8 Lambda-Fähren
- 15 Delta-Transporter
- 5 Angriffstransporter
- 1 Gamma-Angriffstransporter
- Wartungsfahrzeuge
- Theta AT-AT Fähre
- 12 Landungsboote Wächter-Klasse
- 20 AT-AT, 30 AT-ST/9235 Offiziere
- 9 700 Sturmtruppler
- 27 850 Reservetruppen
- 275 Kanoniere

TIE-BOMBER
IMPERIUM — IV / V / VI

850 km/h

- 2 SFS-L-s1 Laserkanonen
- 2 SFS-T-s5 Torpedowerfer (4 Torpedos)
- 2 SFS M-s3 Vibroraketenwerfer (8 Raketen)
- 1 Bombenschacht mit ArmaTek SJ-62/68 Orbitalminen
- ArmaTek VL-61/79 Protonenbomben
- Thermaldetonatoren

1 000 km/h

SKLAVE I

NEUTRAL — II / V / VI

(Boba Fetts Schiff)

- 2 GN-40 Zwillingsrotationsblaster
- 2 HM-8 Vibroraketenwerfer
- 1 C/In Ionenkanone
- 2 AA/SL Protonentorpedowerfer mit je 3 Torpedos
- 1 F1 Traktorstrahlprojektor
- 1 Minenwerfer
- 9 Void-7 seismische Bomben

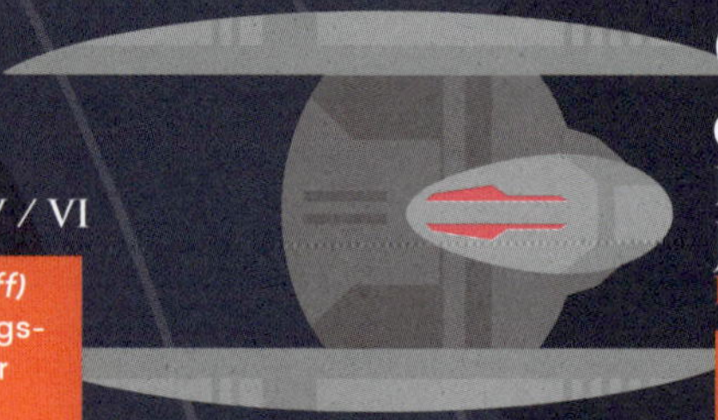

1 200 km/h

GEIERKLASSE DROIDENSTERN-JÄGER

FÖDERATION — I / II

- 6 Blasterkanonen
- 2 Energietorpedowerfer

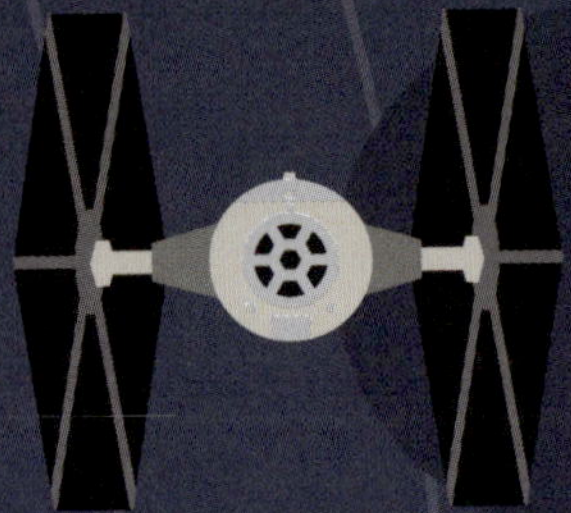

1 200 km/h

TIE-JÄGER

IMPERIUM — IV / V / VI

- 2 Laserkanonen

1000 1050 1100 1150 1200 1250

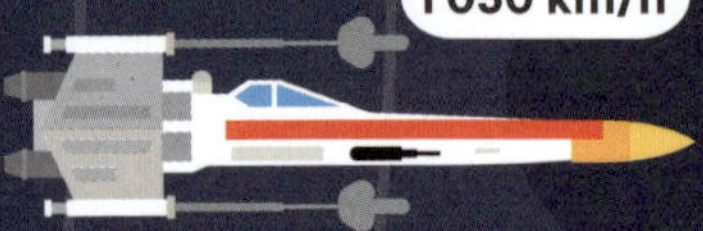

1 050 km/h

X-FLÜGEL STERNJÄGER

REBELLEN — IV / V / VI

- 4 Laserkanonen
- 1 Protonentorpedowerfer

1 050 km/h

MILLENNIUM FALKE

REBELLEN — IV / V / VI

1 000 km/h

BTL Y-FLÜGEL STERNJÄGER

REBELLEN — VI

- 2 KX5 oder Taim & Bak IX4 Laserkanonen
- 2 Geschütztürme mit SW-4 ArMek Ionenkanonen
- 2 Arakyd Flexrohr-Protonentorpedowerfer mit je 4 Torpedos
- Protonenbomben

1 200 km/h

TRANSGALAKTISCH ANGRIFFSTRANSPO (ACCLAMATOR-KLA

REPUBLIK — II

- 12 Vierlings-Turbolasertürme
- 24 Laserkanonen
- 4 Protonentorpedowerfer
- 16 000 Klonkrieger + Mannschaft

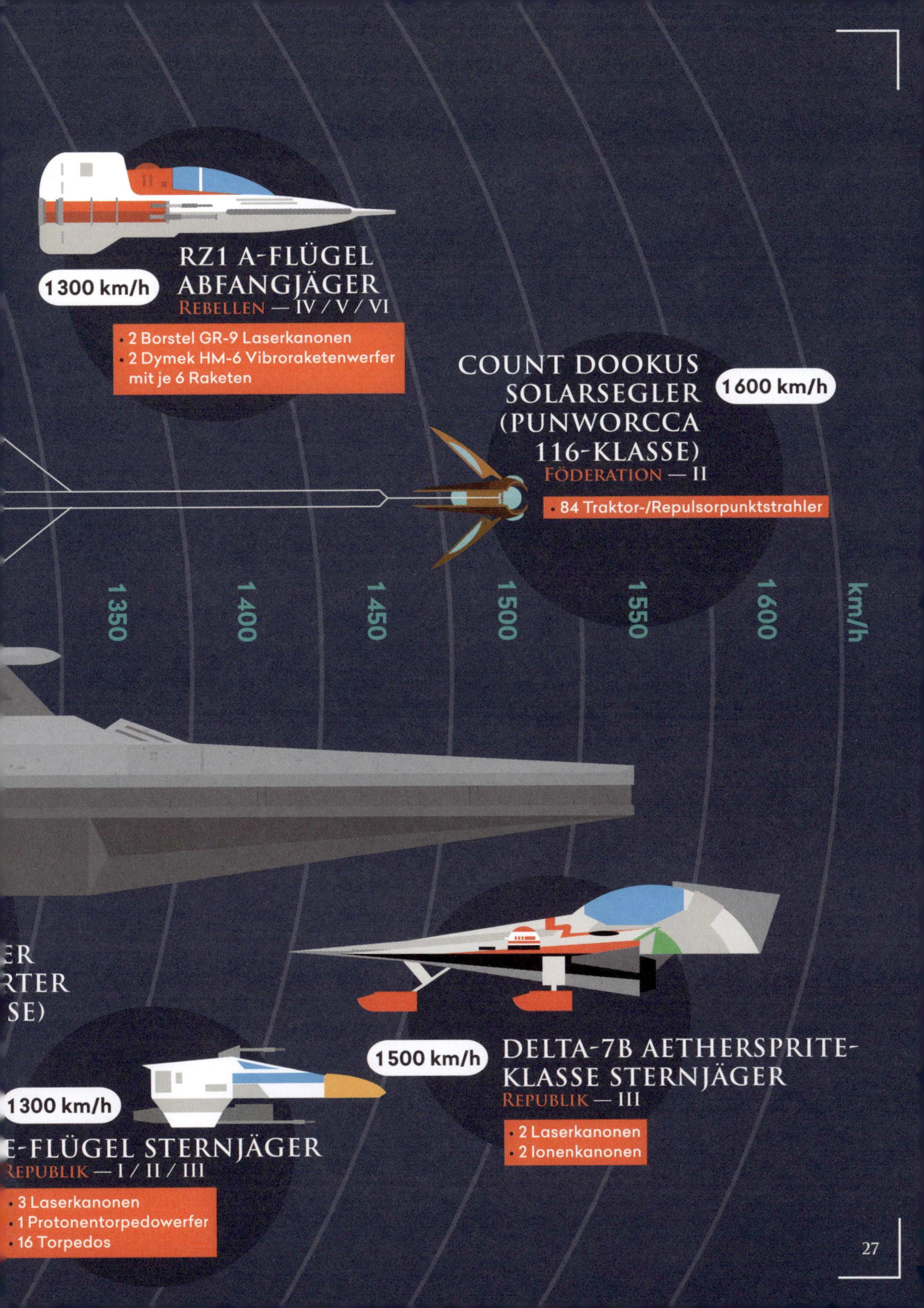
RZ1 A-FLÜGEL ABFANGJÄGER
1300 km/h
REBELLEN — IV / V / VI
• 2 Borstel GR-9 Laserkanonen
• 2 Dymek HM-6 Vibroraketenwerfer mit je 6 Raketen
COUNT DOOKUS SOLARSEGLER (PUNWORCCA 116-KLASSE)
1600 km/h
FÖDERATION — II
• 84 Traktor-/Repulsorpunktstrahler
1350
1400
1450
1500
1550
1600
km/h
ER
RTER
SE)
DELTA-7B AETHERSPRITE-KLASSE STERNJÄGER
1500 km/h
REPUBLIK — III
• 2 Laserkanonen
• 2 Ionenkanonen
1300 km/h
-FLÜGEL STERNJÄGER
EPUBLIK — I / II / III
• 3 Laserkanonen
• 1 Protonentorpedowerfer
• 16 Torpedos

Rodianer
60 Jahre
Gungans
65 Jahre
Ewoks
60–70 Jahre
Tauntauns
90 Jahre
Wookiees
Über 400 Jahre
Yoda
Spezies unbekannt
Bis 900 Jahre
Hutten
ÜBER 1000 Jahre

LEBENSERWARTUNG IN EINER WEIT, WEIT ENTFERNTEN GALAXIS

LIEBE ZWISCHEN DEN STERNEN

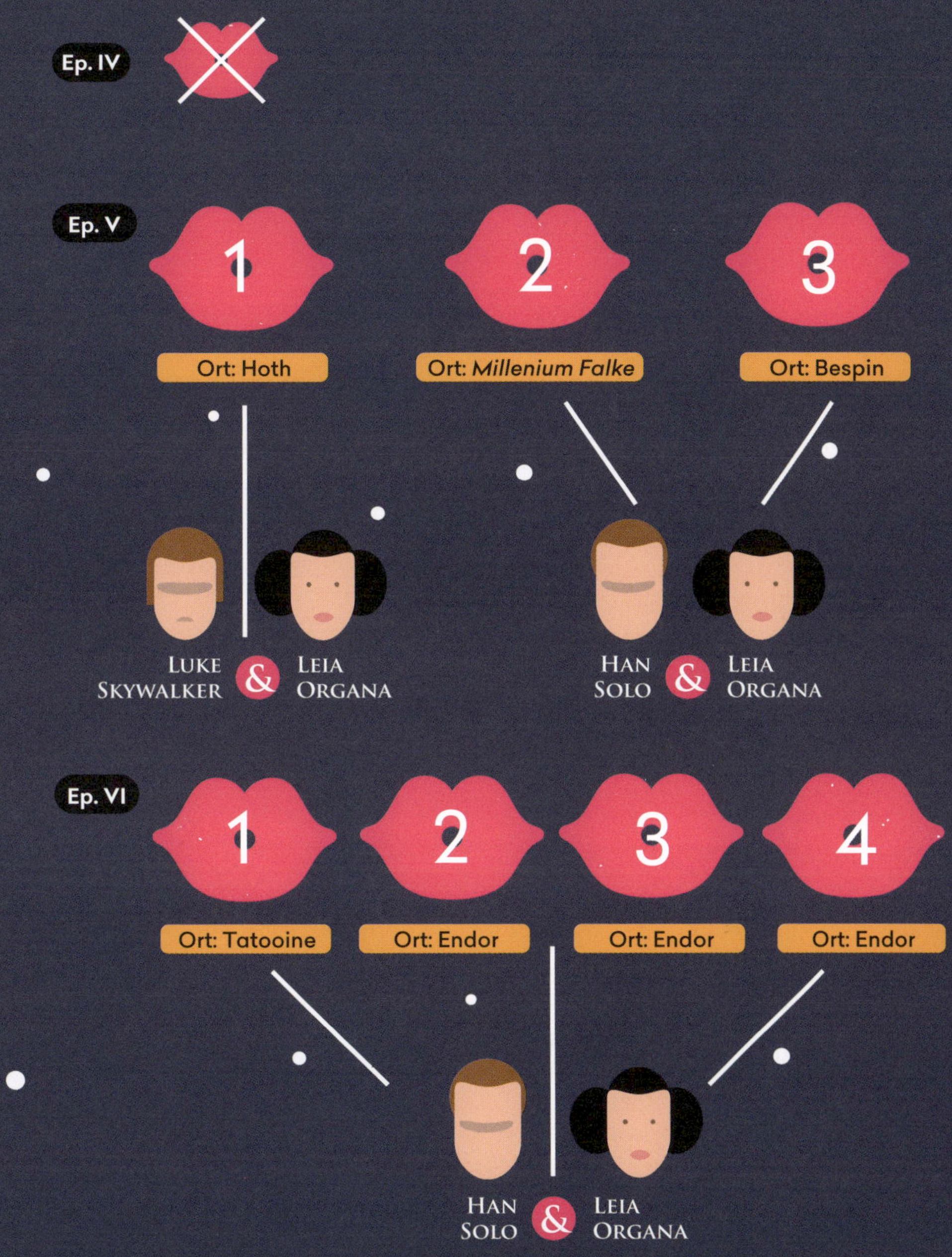

Ep. IV
Ep. V
1
2
3
Ort: Hoth
Ort: *Millenium Falke*
Ort: Bespin
Luke Skywalker & Leia Organa
Han Solo & Leia Organa
Ep. VI
1
2
3
4
Ort: Tatooine
Ort: Endor
Ort: Endor
Ort: Endor
Han Solo & Leia Organa

Ep. I — **1**
Obi-Wan zu **Qui-Gon Jinn** im Frachter *Saak'ak*

Ep. II — **1**
Anakin zu **Obi-Wan** in der Petranaki-Arena auf Geonosis

Ep. III — **1**
Obi-Wan zu **Anakin**, als sie in Sternjägern die *Unsichtbare Hand* anfliegen

„ICH HAB DA EIN GANZ MIESES GEFÜHL“ 8 W

Ep. IV — **2**
Han Solo zu **Leia**, **Luke** und **Chewie** in der Schrottpresse des Todessterns
Luke zu den anderen (**Han Solo**, **Obi-Wan**, **Chewie**, **C-3PO**, **R2-D2**) im *Millennium Falken*, bevor sie den Todesstern erreichen

Ep. V — **1**
Leia zu **Han**, **Chewie** und **C-3PO** im *Millennium Falken*, bevor die Mynoks angreifen

Ep. VI — **2**
C-3PO zu **R2-D2** vor Jabbas Palast
Han Solo zu **Chewbacca** und **C-3PO** auf Endor, bevor sie von den Ewoks gefangen genommen werden

Qui-Gon Jinn zu **Anakin** auf *Tatooine*
Yoda und **Mace Windu** zu **Obi-Wan** auf *Coruscant*
Yoda und **Mace Windu** zu **Qui-Gon** auf *Coruscant*

3

Ep. I

Obi-Wan zu **Anakin** auf *Coruscant*
Anakin zu **Obi-Wan** auf *Coruscant*

2

Ep. II

Obi-Wan zu **Anakin** auf *Coruscant*
Anakin zu **Obi-Wan** auf *Coruscant*
Mace Windu zu **Anakin** und **Obi-Wan** auf *Coruscant*
Obi-Wan zu den **Jedi** auf *Coruscant*, die die *Order 66* überlebt hatten (2mal)

5

Ep. III

S 14 „MÖGE DIE MACHT MIT DIR SEIN“

Ep. IV

2

Han Solo zu **Luke** auf *Yavin 4*
General Dodonna zu den Truppen der **Rebellen** auf *Yavin 4*

Ep. V

1

Luke im Hospitalschiff zu **Lando** und **Chewbacca** im *Millennium Falken*

Ep. VI

1

Admiral Ackbar auf *Heimat Eins* zu den Truppen der **Rebellen**

In den Kämpfen der *Star Wars*-Filme verloren Menschen, Aliens, Droiden, Jedi und Sith ihr Leben oder einzelne Körperteile – jeder ist in Gefahr.

Ep. I DARTH MAUL
ZERTEILT
durch Obi-Wan Kenobi

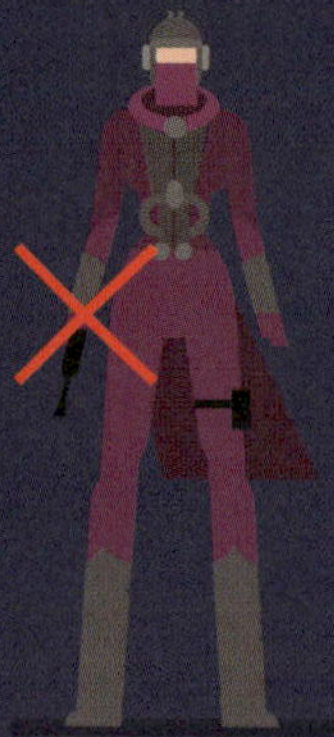

Ep. II ZAM WESELL
RECHTE HAND
durch Obi-Wan Kenobi

Ep. II JANGO FETT
KOPF
durch Mace Windu

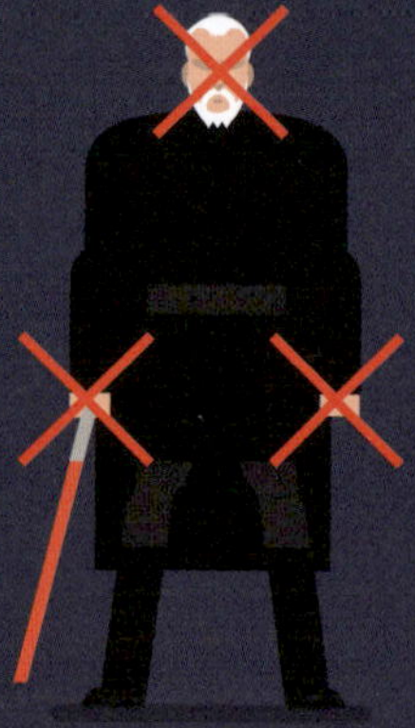

Ep. III COUNT DOOKU
HÄNDE UND KOPF
durch Anakin Skywalker

C-3PO

Ep. II KOPF
durch einen Fabrikroboter

Ep. IV RECHTER ARM
durch einen Tusken

Ep. V ALLE GLIEDER

Ep. VI EIN AUGE
durch Salacious B. Crumb

Ep. II ACKLAY
2 SEINER 6 KLAUEN
durch Obi-Wan Kenobi

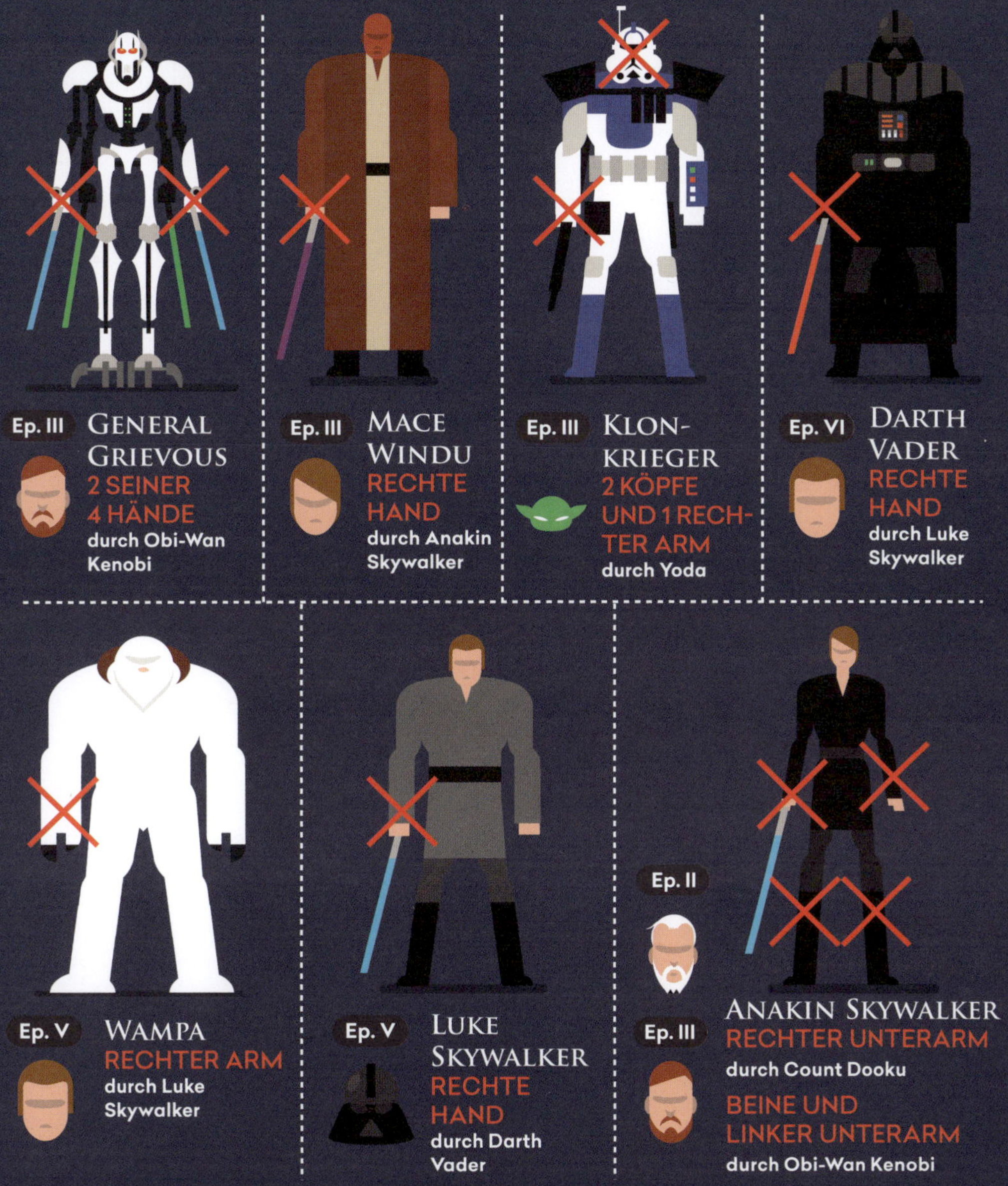
Ep. III
GENERAL GRIEVOUS
2 SEINER 4 HÄNDE
durch Obi-Wan Kenobi
Ep. III
MACE WINDU
RECHTE HAND
durch Anakin Skywalker
Ep. III
KLON-KRIEGER
2 KÖPFE UND 1 RECHTER ARM
durch Yoda
Ep. VI
DARTH VADER
RECHTE HAND
durch Luke Skywalker
Ep. V
WAMPA
RECHTER ARM
durch Luke Skywalker
Ep. V
LUKE SKYWALKER
RECHTE HAND
durch Darth Vader
Ep. II
Ep. III
ANAKIN SKYWALKER
RECHTER UNTERARM
durch Count Dooku
BEINE UND LINKER UNTERARM
durch Obi-Wan Kenobi

Vor langer Zeit in einer weit, weit entfernten Galaxis gab es einen Spruch, einen Titel und einen Einführungstext.

Ep. I Die dunkle Bedrohung

Erste Wörter: Die galaktische Republik wird von Unruhen erschüttert

Letzte Wörter: um den Konflikt beizulegen

Ep. II Angriff der Klonkrieger

Erste Wörter: Es herrscht Aufruhr

Letzte Wörter: der unterlegenen Jedi entscheiden soll

Ep. III Die Rache der Sith

Erste Wörter: Krieg!

Letzte Wörter: um den gefangenen Kanzler zu retten

	Zeilen	Wörter	Buchstaben	Absätze	Sätze	Adjektive	Substantive	Verben
Ep. I	23	75	508	3	4	7	25	6
Ep. II	23	76	479	3	4	4	26	8
Ep. III	24	77	501	3	5	6	28	8

Ep. IV EINE NEUE HOFFNUNG

Erste Wörter:
Es herrscht Bürgerkrieg

Letzte Wörter:
die Freiheit wiedergeben könnten

32	87	520	3	4	7	29	10

Ep. V DAS IMPERIUM SCHLÄGT ZURÜCK

Erste Wörter:
Es ist eine dunkle Zeit

Letzte Wörter:
Bereiche des Weltalls entsandt

26	89	454	3	4	11	25	8

Ep. VI DIE RÜCKKEHR DER JEDI-RITTER

Erste Wörter:
Luke Skywalker

Letzte Wörter:
die Freiheit wiederzugeben

18	72	414	3	3	9	22	6
148	476	2 876	18	24	44	155	46

EINE KURZE GESCHICHTE DER ZEIT (1977–2015)

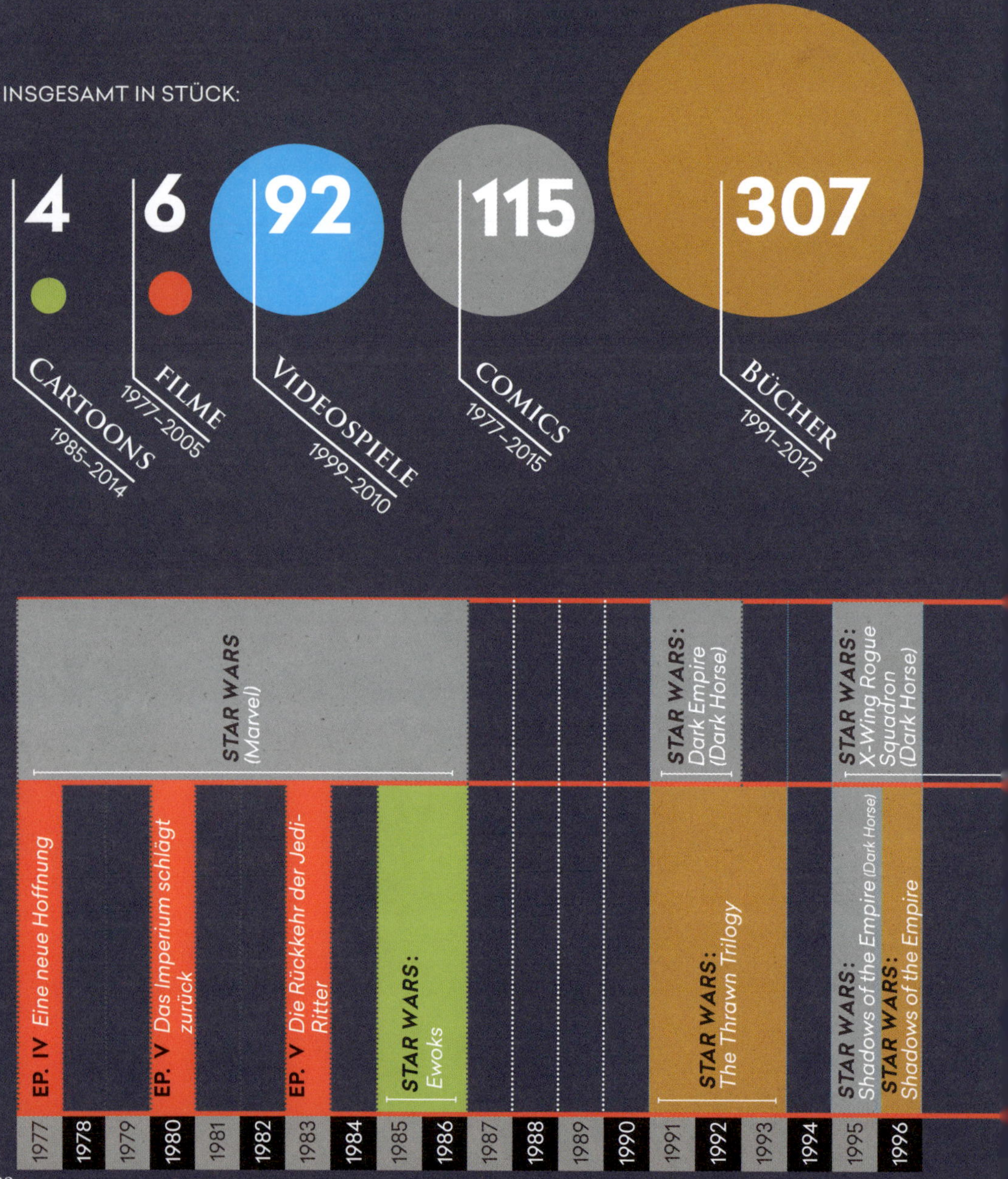

1997	**STAR WARS:** *The Han Solo Trilogy*	**STAR WARS:** *X-Wing Rogue Squadron (Dark Horse)*		
1998				
1999	**EP. I** *Die dunkle Bedrohung*	**STAR WARS:** *Episode I : Racer*		
2000				
2001	**STAR WARS:** *Tag & Bink are Dead (Dark Horse)*		**STAR WARS:** *Rogue Squadron II: Rogue Leader*	
2002	**EP. II** *Angriff der Klonkrieger*			
2003	**STAR WARS:** *Galaxis*	**STAR WARS:** *The Clone Wars*	**STAR WARS:** *Knights of the Old Republic*	
2004				**STAR WARS:** *Knights of the Old Republic II*
2005	**EP. III** *Die Rache der Sith*		**STAR WARS:** *Lego Star Wars: The Video Game*	**STAR WARS:** *Labyrinth of Evil*
2006				
2007				
2008			**STAR WARS:** *The Force Unleashed*	
2009	**STAR WARS:** *The Clone Wars*			
2010			**STAR WARS:** *The Force Unleashed II*	
2011				
2012		**STAR WARS:** *Darth Plagueis*		
2013				
2014		**STAR WARS:** *Rebels*		
2015	**STAR WARS** *(Marvel)*			

TRILOGIEN I-III & IV-VI

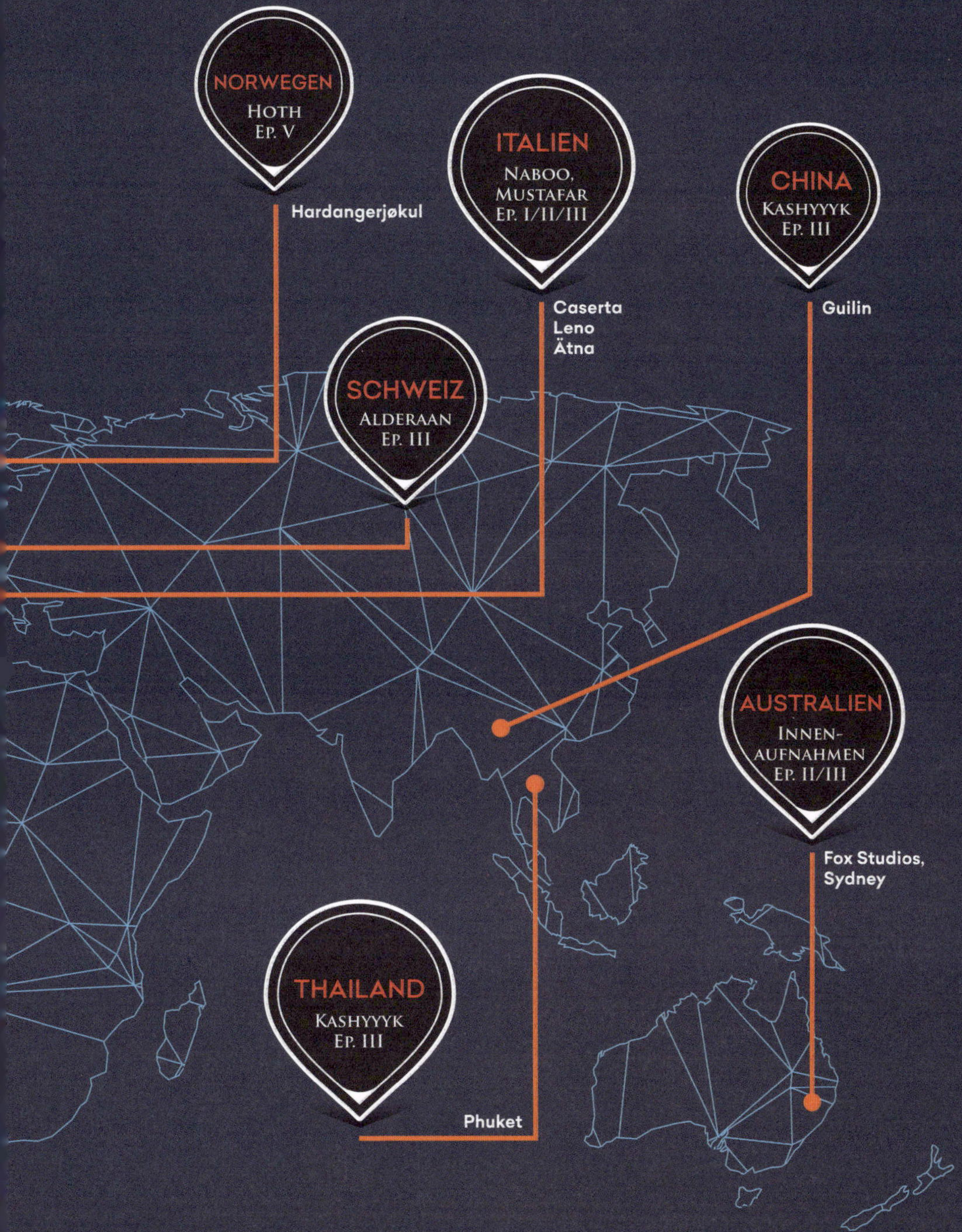
NORWEGEN
Hoth
Ep. V
Hardangerjøkul
ITALIEN
Naboo,
Mustafar
Ep. I/II/III
Caserta
Leno
Ätna
CHINA
Kashyyyk
Ep. III
Guilin
SCHWEIZ
Alderaan
Ep. III
AUSTRALIEN
Innen-
aufnahmen
Ep. II/III
Fox Studios,
Sydney
THAILAND
Kashyyyk
Ep. III
Phuket

Warum wurde Boba Fett, der nur ein paar Zeilen Text hatte, zu einem der bekanntesten Charaktere in der Galaxis? Und was meinte der Rest dazu?

Anakin Skywalker

604 Textzeilen

151
PRO FILM (DURCHSCHNITTLICH)

Ep. I	117	Ep. IV	0
Ep. II	179	Ep. V	0
Ep. III	302	Ep. VI	6

BERÜHMTES ZITAT

„Lass mich dich nur einmal mit meinen eigenen Augen sehen!“

Ep. VI

Obi-Wan Kenobi

531 Textzeilen

88,5
PRO FILM (DURCHSCHNITTLICH)

Ep. I	57	Ep. IV	68
Ep. II	158	Ep. V	15
Ep. III	224	Ep. VI	9

BERÜHMTES ZITAT

„Das ist kein Mond, das ist eine Raumstation.“

Ep. IV

Han Solo

453 Textzeilen

151
PRO FILM (DURCHSCHNITTLICH)

Ep. I	0	Ep. IV	145
Ep. II	0	Ep. V	182
Ep. III	0	Ep. VI	126

BERÜHMTES ZITAT

„Sag mir nie, wie meine Chancen stehen!“

Ep. V

Chewbacca

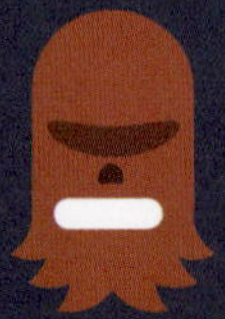

357 Textzeilen

89,25
PRO FILM (DURCHSCHNITTLICH)

Ep. I	0	Ep. IV	72
Ep. II	0	Ep. V	180
Ep. III	4	Ep. VI	101

BERÜHMTES ZITAT

„Ggwwwrgh!“

Ep. VI

R2-D2

249 Textzeilen

41,5
PRO FILM (DURCHSCHNITTLICH)

Ep. I	46	Ep. IV	62
Ep. II	17	Ep. V	55
Ep. III	36	Ep. VI	33

BERÜHMTES ZITAT

„Piep, zwitscher, tuut, pfeif."

Ep. V

Yoda

168 Textzeilen

33,6
PRO FILM (DURCHSCHNITTLICH)

Ep. I	18	Ep. IV	0
Ep. II	26	Ep. V	13
Ep. III	53	Ep. VI	58

BERÜHMTES ZITAT

„Tu es oder tu es nicht. Es gibt kein Versuchen!"

Ep. V

Darth Vader

146 Textzeilen

36,5
PRO FILM (DURCHSCHNITTLICH)

Ep. I	0	Ep. IV	44
Ep. II	0	Ep. V	53
Ep. III	6	Ep. VI	40

BERÜHMTES ZITAT

„Ich bin dein Vater."

Ep. V

Jar Jar Binks

101 Textzeilen

33,6
PRO FILM (DURCHSCHNITTLICH)

Ep. I	87	Ep. IV	0
Ep. II	12	Ep. V	0
Ep. III	2	Ep. VI	0

BERÜHMTES ZITAT

„Michse haben vielleicht ein oder zwei kleine Missgeschicke verursacht, kann sagen bumm die Gässe, dann gecrasht Heylibber von die Bosses, dann Verbannung."

Ep. I

Mace Windu

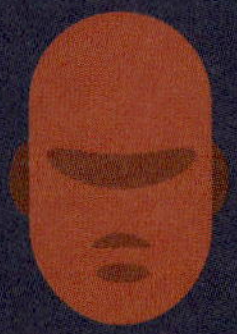

79 Textzeilen

26,3
PRO FILM (DURCHSCHNITTLICH)

Ep. I	13	Ep. IV	0
Ep. II	30	Ep. V	0
Ep. III	36	Ep. VI	0

BERÜHMTES ZITAT

„Die Party ist vorbei."

Ep. II

WIE SCHNELL KANNST DU IM *MILLENNIUM FALKEN* REISEN, WENN DER HYPERANTRIEB KAPUTT IST?

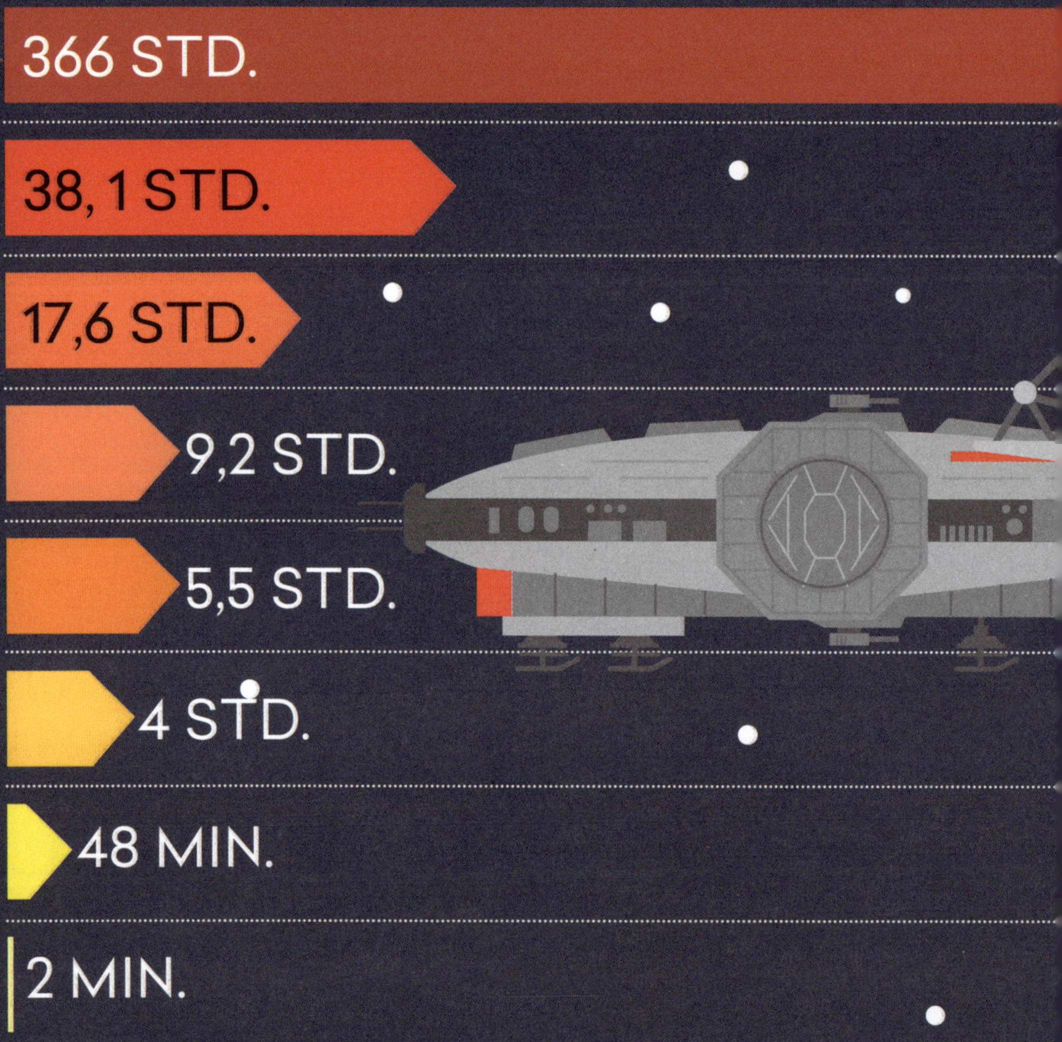

BERLIN – MOND

RUND UM DIE ERDE

BERLIN – AUCKLAND

BERLIN – TOKIO

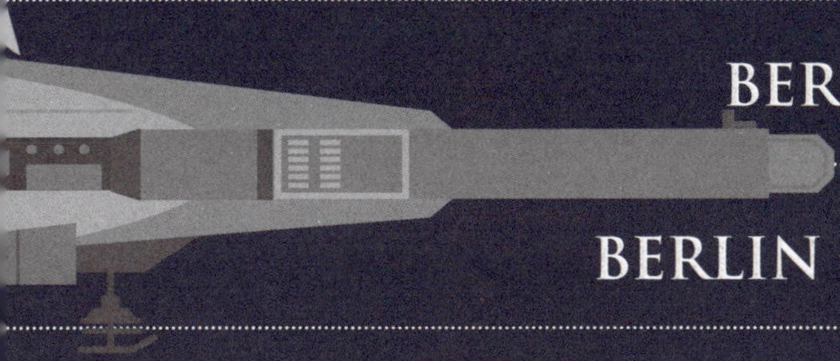

BERLIN – NEW YORK

BERLIN – DELHI

BERLIN – HELGOLAND

AUF DER BUNDESSTRASSE
RUND UM BERLIN

DIE *STAR WARS*-CHARAKTERE MIT DEN MEISTEN ACTION-FIGUREN

Darth Maul

(1999–2014)

Palpatine

(1984–2014)

Chewbacca

(1978–2014)

Sturmtruppler

(1978–2014)

Padmé Amidala

(1999–2013)

C-3PO

(1978–2014)

Mace Windu

(1998–2013)

Lando Calrissian

(1980–2015)

Jawa

(1978–2009)

Greedo
(1978–2014)

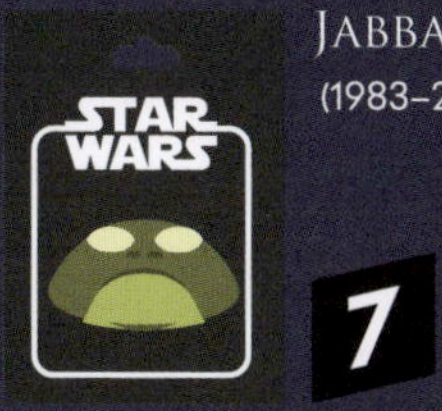

Jabba
(1983–2010)

Salacious Crumb
(1984–2010)

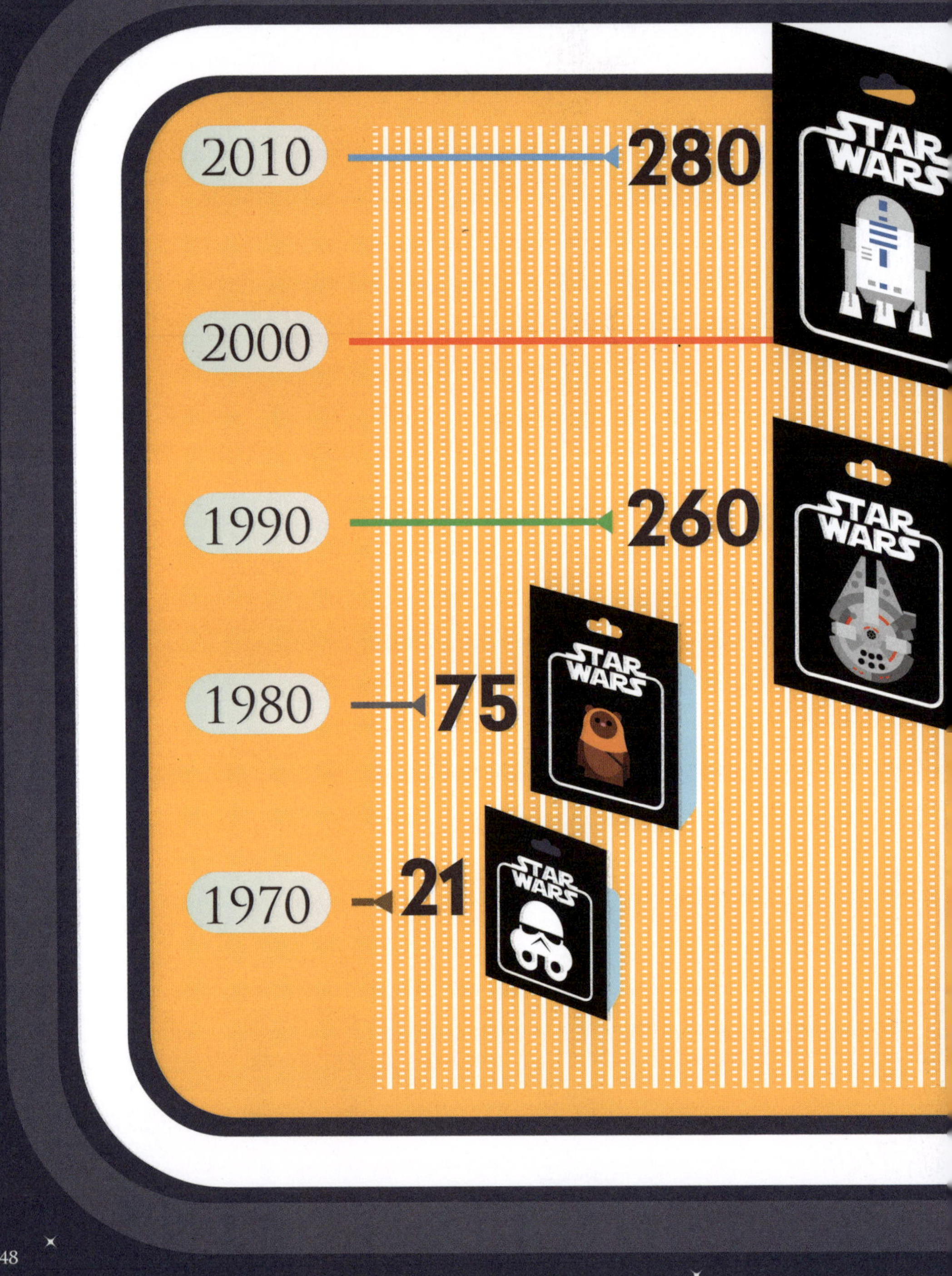
2010
280
2000
1990
260
1980
75
1970
21
STAR WARS
STAR WARS
STAR WARS
STAR WARS

810
STAR WARS
ZAHL DER HERGESTELLTEN FIGUREN (PRO JAHRZEHNT)

Anzahl der Midi-Chlorianer der Charaktere

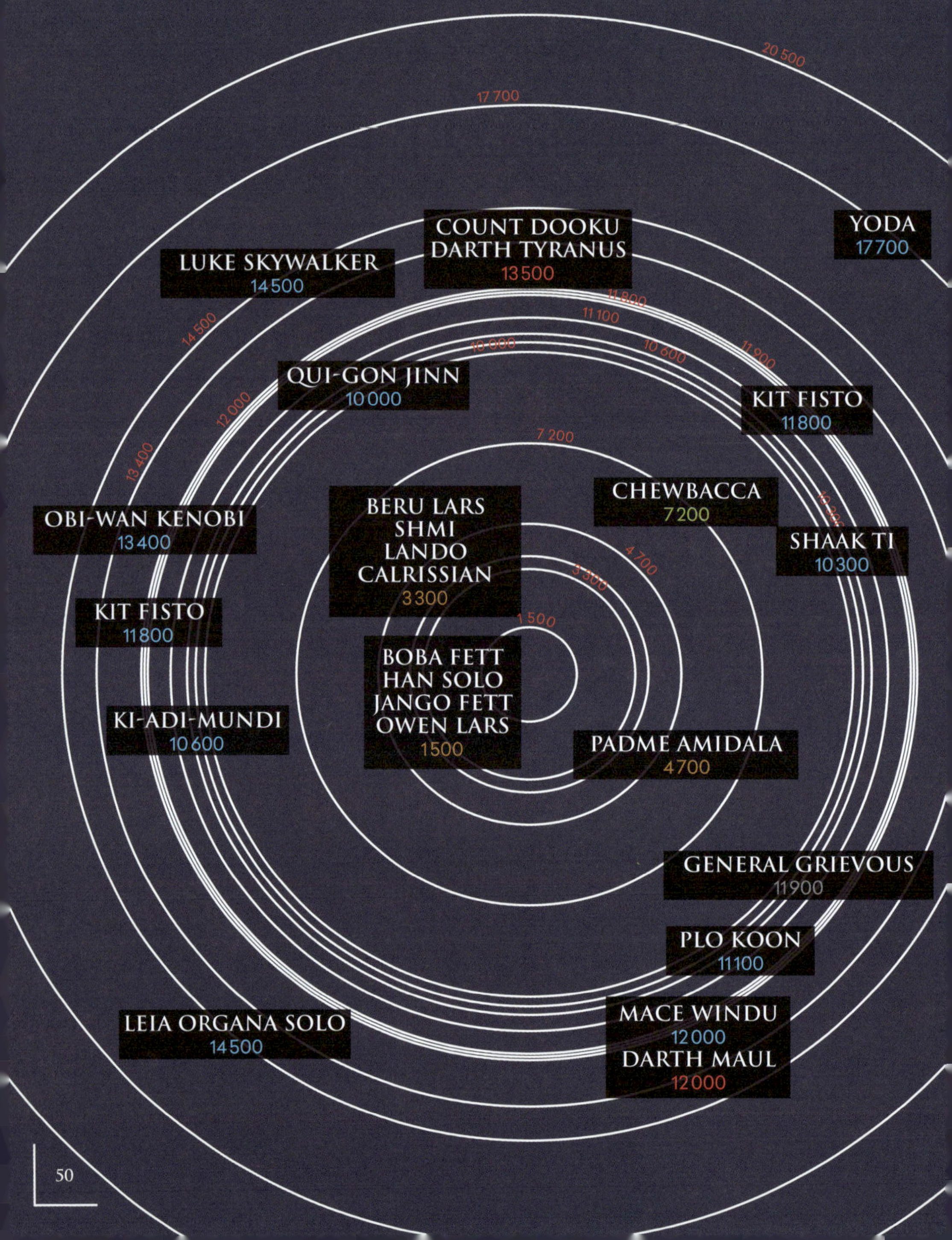

MYTHOS ODER REALITÄT?
AUCH WENN DIE FANS NOCH DARÜBER STREITEN, IST DOCH EINES SICHER: DIE HELDEN IM *STAR WARS*-UNIVERSUM BESITZEN MIDI-CHLORIANER.

DURCHSCHNITTLICHE ZAHL VON MIDI-CHLORIANERN IN JEDI-RITTERN:
10 000

EIN JEDI BRAUCHT MINDESTENS 7 000 MIDI-CHLORIANER.

JEDI

SITH

MENSCHEN

WOOKIEE

MASCHINEN

Mensch (Durchschnitt)
(H)öhe = 1,80 m
(B)reite = 60 cm
(L)änge = 20 cm

74-Z Düsenschlitten
L = 3 m
B = 60 cm
H = 60 cm

B-Flügel Sternjäger
H = 16,90 m
L = 2,90 m
B = 2,50 m (7,30 m mit ausgefahrenen Flügeln)

X-Flügel Sternjäger
L = 12,50 m
B = 11,50 m
H = 1,90 m (2,60 m mit ausgefahrenen Flügeln)

TIE-Sternjäger
L = 8,99 m
B = 9 m
H = 11 m

Sklave I
L = 21,50 m
B = 21,30 m
H = 7,80 m

Jabbas Segelbarke
L = 30 m
B = 9,80 m
H = 5,30 m

AT-AT
L = 20 m
B = 5 m
H = 22,5 m

Sandkriecher
L = 36,80 m
B = 10 m
H = 20 m

Y-Flügel Sternjäger
L = 16 m
B = 23 m
H = 2,90 m

Millennium Falke
L = 34,37 m
B = 25,61 m
H = 8,27 m
(9,77 m mit ausgefahrenen Landebeinen)

CR90-KORVETTE, BLOCKADEBRECHER

L = 150 m
B = 46,60 m
H = 32,60 m

TYDIRIUM RAUMFÄHRE

L = 20 m
B = 20 m (44,50 m mit ausgefahrenen Flügeln)
H = 36 m (48 m mit ausgefahrenen Flügeln)

EXEKUTOR-KLASSE STERNZERSTÖRER

L = 19 000 m
B = 11 000 m
H = 6 000 m

20 Jahre später wiederholt sich die Geschichte … allerdings mit einigen Unterschieden.

TRILOGIE 1977-1983
TRILOGIE 1999-2005
IMPERATOR
PALPATINE
STURMTRUPPEN
DROIDENARMEE
REBELLENARMEE
KLONARMEE
BOBA FETT
JANGO FETT
JABBA
JABBA
EWOKS
GUNGANS
WICKET
JAR JAR BINKS
TODESSTERN
DROIDEN-
KONTROLL-
SCHIFF
VUUTUN PALAA

VERMUTLICH DENKEN DIE MEISTEN MENSCHEN, DIE DEN KLASSISCHEN „IMPERIALEN MARSCH“ (DARTH VADER-THEMA) HÖREN, UNWILLKÜRLICH AN *STAR WARS*. DIESES PRÄGENDE LEITMOTIV FÜGT SICH SCHLÜSSIG IN DIE GESAMTE FILMMUSIK VON JOHN WILLIAMS EIN.

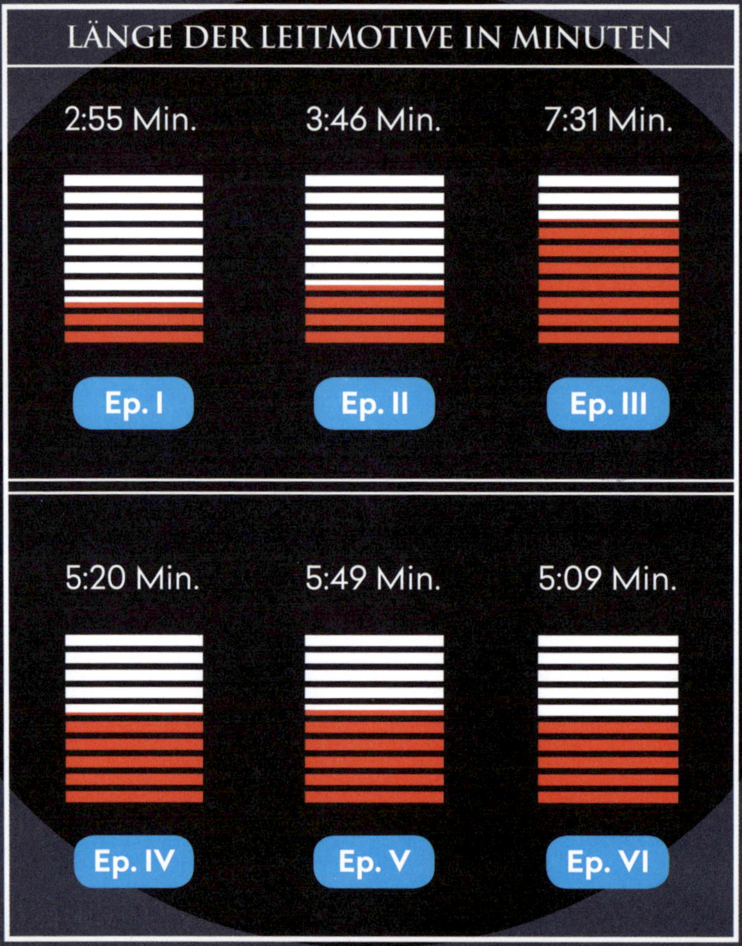

Die dunkle Bedrohung

EP. I

TITEL
17

CD
1

DAUER
74.23 Min.

HIT:
Duel of the Fates

Angriff der Klonkrieger

EP. II

TITEL
14

CD
1

DAUER
73.43 Min.

HIT:
The Tusken Camp and the Homestead

Die Rache der Sith

EP. III

TITEL
15

CD
1

DAUER
71.53 Min.

HIT:
Palpatine's Teachings

Eine neue Hoffnung

EP. IV

TITEL
16

DOPPEL-CD
1

DAUER
74.58 Min.

HIT:
Cantina Band

Das Imperium schlägt zurück

EP. V

TITEL
17

DOPPEL-CD
1

DAUER
74.34 Min.

HIT:
Imperial March (DarthVader Theme)

Die Rückkehr der Jedi-Ritter

EP. IV

TITEL
11

DOPPEL-CD
1

DAUER
44.59 Min.

HIT:
Lapti Nek

ERSTE TRILOGIE

[1977–1983]

GRÖSSE DER CHARAKTERE

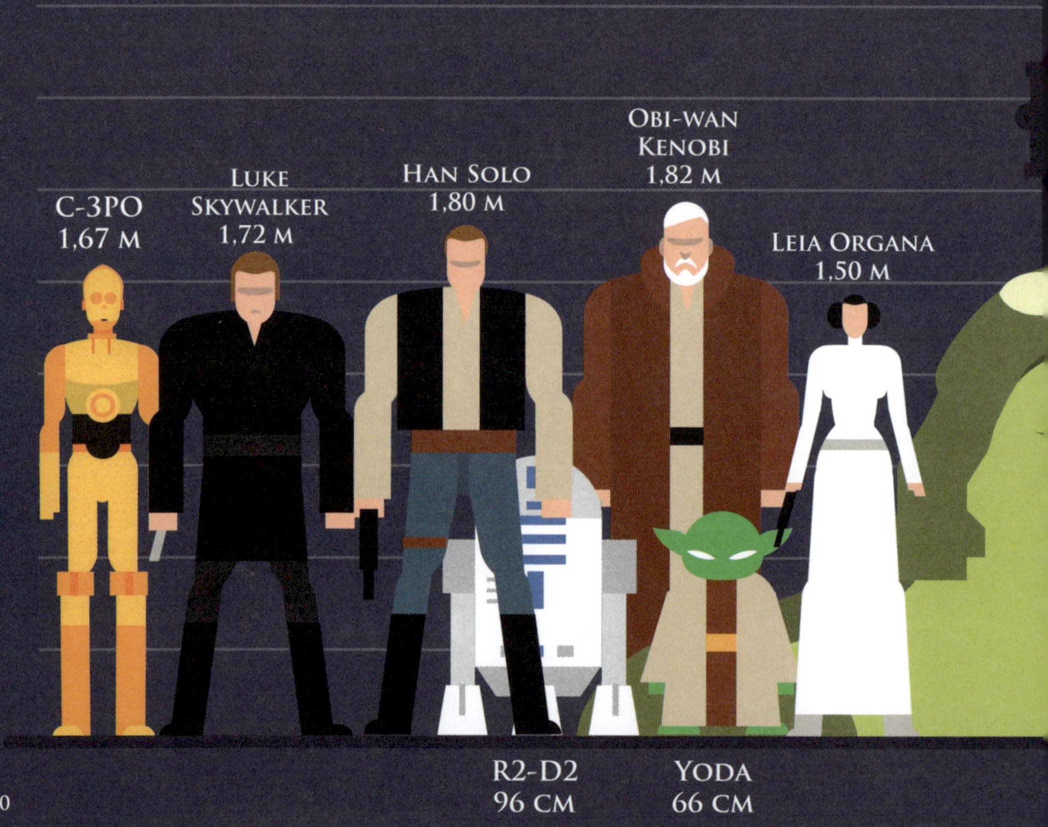

Rancor
5 m
Chewbacca
2,28 m
Darth Vader
2,02 m
Jabba der Hutte
1,73 m
Imperator
1,73 m
Lando
Calrissian
1,78 m
Salacious Crumb
70 cm
Jawa
1 m
Ewok
80 cm

MILLENNIUM FALKE

MASSE			GESCHWINDIGKEIT	GEWICHT
Länge = 34,37 m	Breite = 25,61 m	Höhe = 8,27 m	1 050 km/h	100 Tonnen

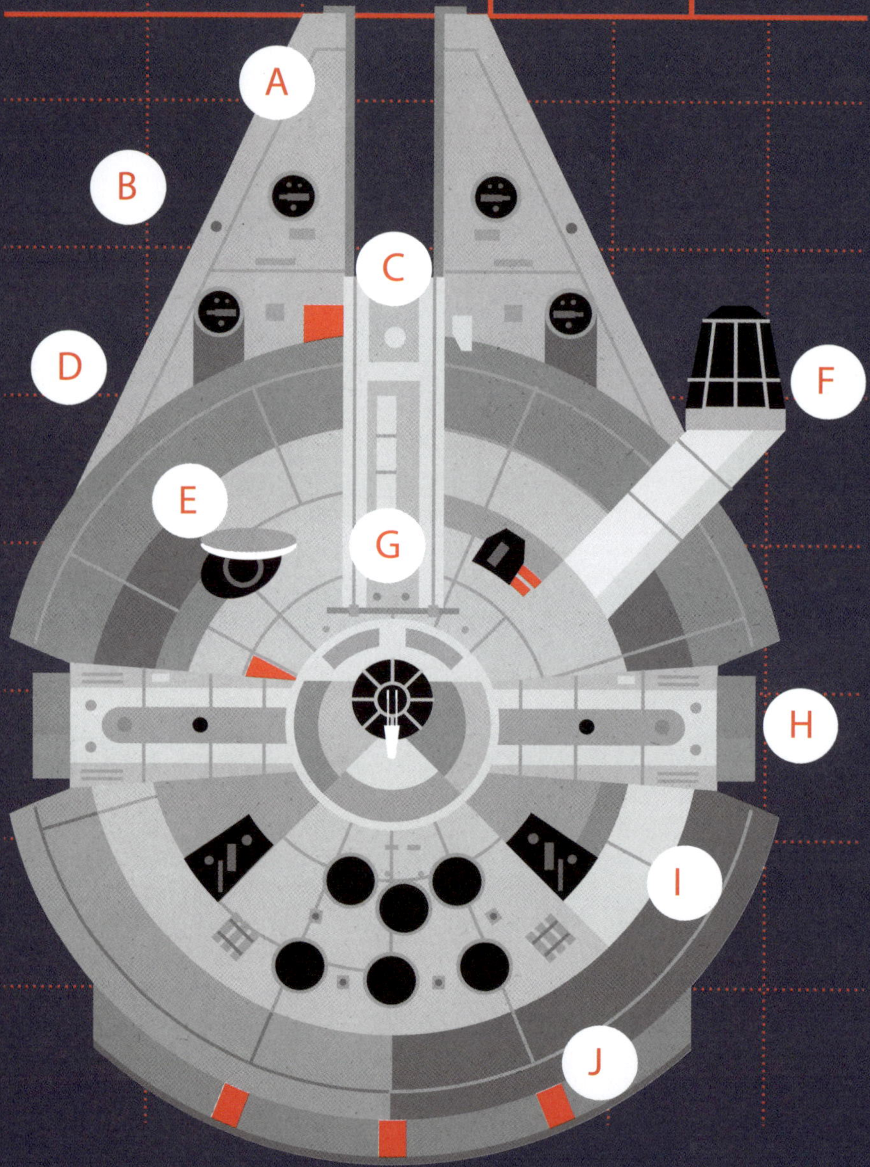

Schussweite

1 AN | 1 AN | 1 AN | 1 AN | 1 AN | 1 AN

Antrieb

2	SRB42 Sublichttriebwerke

Hyperantrieb

Klasse 0,5

Bewaffnung

2	AG-2G Vierlingslaserkanonen (Corellianische Ingenieursgesellschaft, CER)
1	Ax-108 BlasTech Blasterkanone
2	Arakyd ST2 Vibroraketenwerfer
1	Ganathan Elektrokanone
1	Mark VII Traktorstrahlgenerator
/	Minen
/	Raketenabwehrgeschosse

Schilde

1	Torplex Deflektorschildgenerator
1	Novaldex Schutzschildgenerator
1	Deflektorschildgenerator (Kuat Motorenwerke)
1	Nordoxicon 38 Vibroschildgenerator
1	Deflektornavigationssystem

Aufbau

A — Dockingmandibel vorn
B — Zugangsluke zu den Geräten
C — Vibroraketenwerfer
D — Deflektorschildgenerator
E — Zielverfolgungsradar
F — Cockpit
G — Vierfachlaserbatterie
H — Rettungskapsel
I — Panzerplatten
J — Ionenturbine

Zuladung

1 KAPSEL

Passagiere

6

Notwendige Besatzung

2

STERNZERSTÖRER

SIEGES I-KLASSE

MASSE			GESCHWINDIGKEIT	GEWICHT
Länge = 1600 m	Breite = 900 m	Höhe = 450 m	975 km/h	36 000 Tonnen

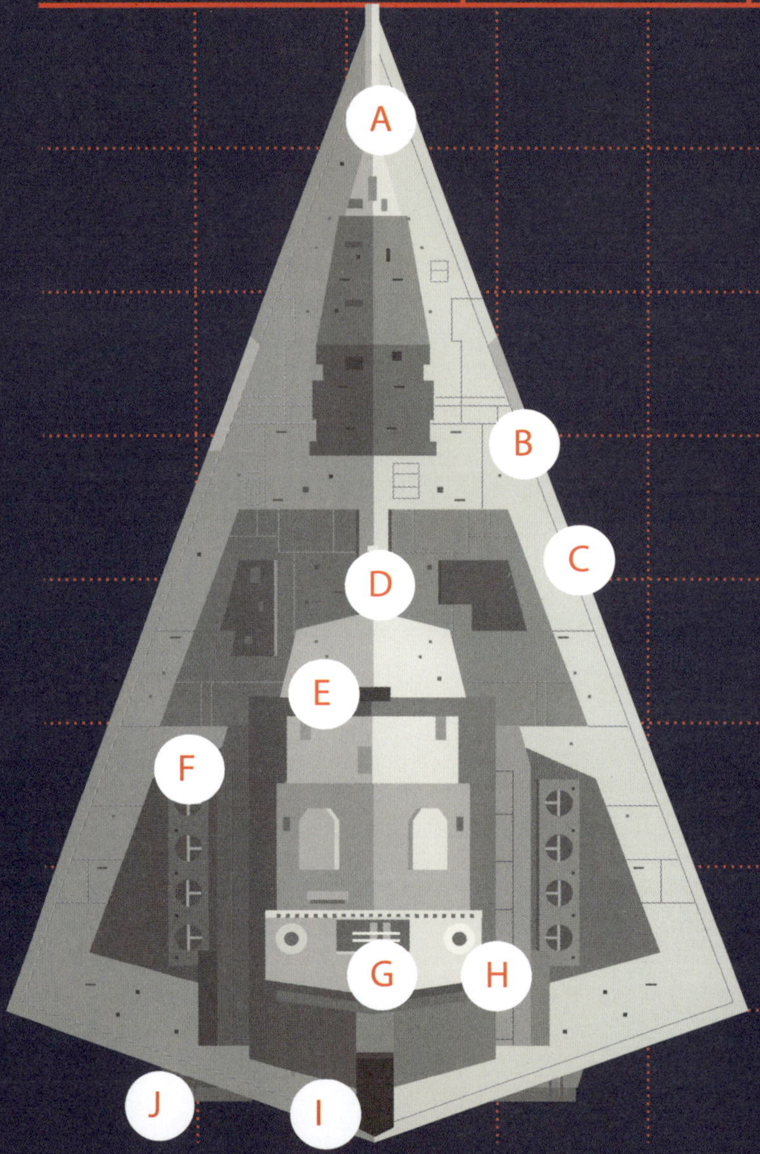

Schussweite

1 AN | 1 AN | 1 AN | 1 AN | 1 AN | 1 AN

Antrieb

3	KDY Destroyer-I Ionentriebwerke (Kuan)
4	Cygnus Gemon-4 Ionentriebwerke

Bewaffnung

8	Achtfach Turbolaser oder Ionenkanonen
50	schwere Turbolaserbatterien
60	Turbolaserbatterien
26	zusätzliche Turbolaserbatterien (optional)
20	schwere Ionenkanonen
10	Phylon Q7 Traktorstrahlprojektoren

Aufbau

A – Turbolaser mit Zielcomputer
B – Ionenkanone mit Zielcomputer
C – Turbolaser mit Zielcomputer
D – Kontrollraum
E – Ionenkanonen
F – Türme mit Turbolasern
G – Kommunikationsturm
H – Kuppel für Deflektorschildgenerator
I – Ionisationsreaktor
J – Cygnus Gemon-4 Ionentriebwerke

Hyperantrieb

Klasse 2

Schilde

2	Kuppeln mit KDY ISD-72x Deflektorschildgeneratoren

Zuladung

72	TIE-Sternjäger
8	Lambda-Fähren
8	Delta-Transporter
5	Angriffstransporter
1	Gamma-Angriffstransporter
20	AT-AT
30	AT-ST
/	weitere Fahrzeuge

Passagiere

5 000

Notwendige Besatzung

9 700

IN EINER WEIT, WEIT ENTFERNTEN GALAXIS

Hush-98 Komlink

4 000 CREDITS

Greedos Leben

4 100 CREDITS

Todesstern

1 000 000 000 000 CREDITS

DL-44 Blasterpistole (Han Solos Blaster)

750 CREDITS

Strafe für einen Kopfgeldjäger ohne Arbeitserlaubnis, der einen Gesuchten abliefert

245 CREDITS

Boba Fetts tägliche Unkosten

500 CREDITS

Honorar für einen Auftritt der Cantina-Band bei einer Hochzeit (Figrin D'an & die Modal Nodes)

3 000 CREDITS

Reiserouten wichtiger Charaktere

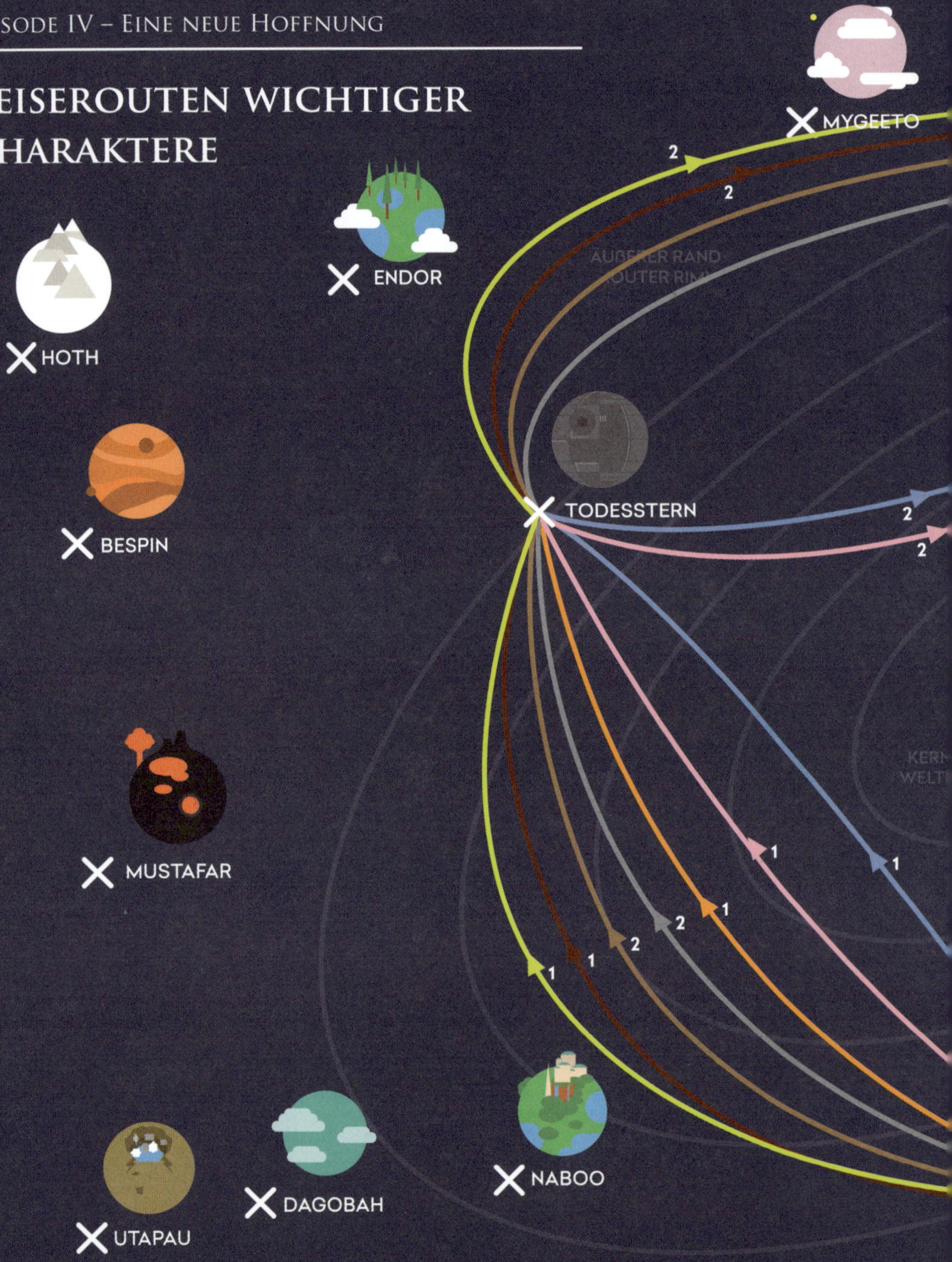

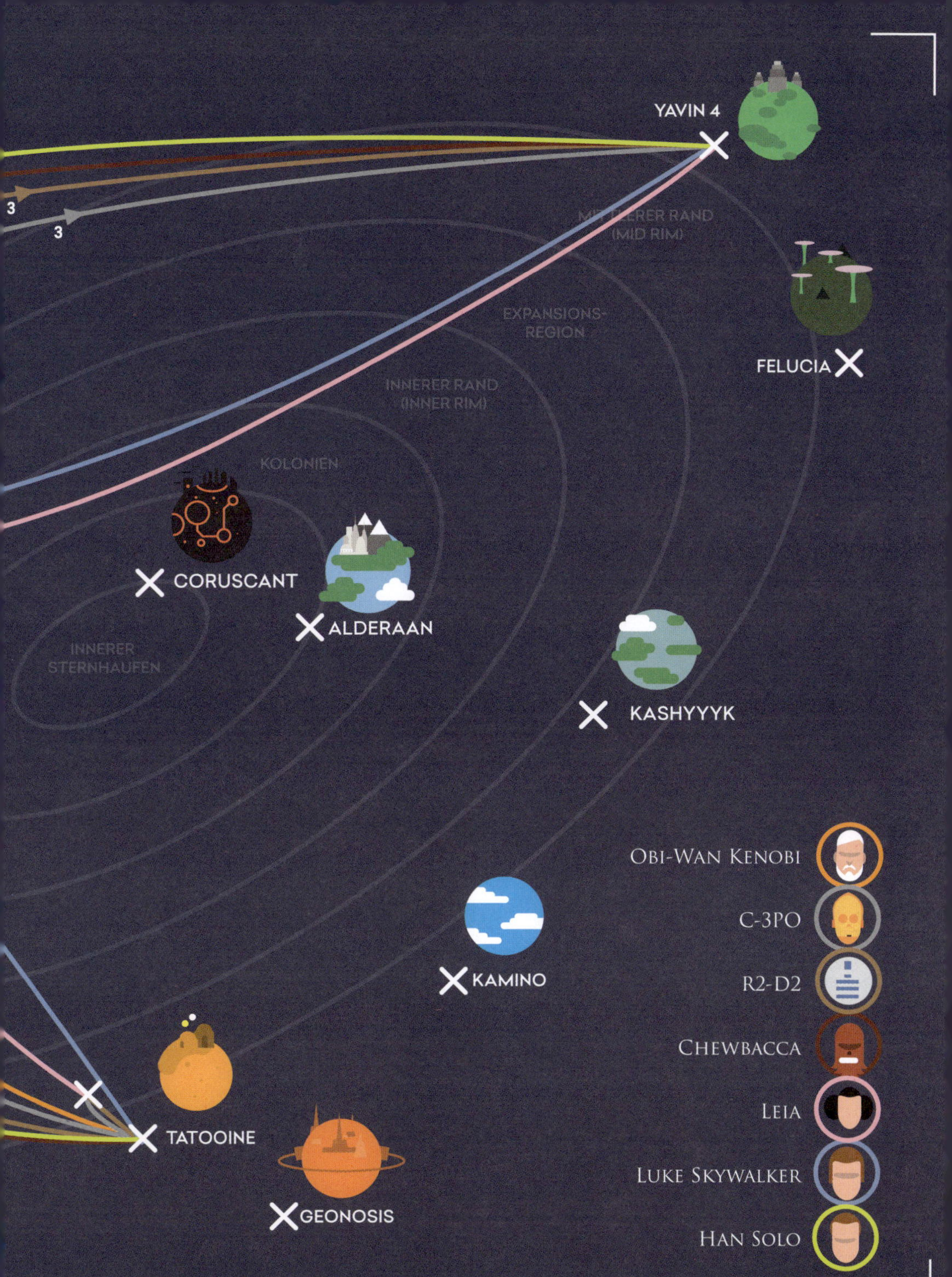
YAVIN 4
3
3
(MID RIM)
FELUCIA
EXPANSIONS-
REGION
INNERER RAND
(INNER RIM)
KOLONIEN
CORUSCANT
ALDERAAN
INNERER
STERNHAUFEN
KASHYYYK
KAMINO
TATOOINE
GEONOSIS
OBI-WAN KENOBI
C-3PO
R2-D2
CHEWBACCA
LEIA
LUKE SKYWALKER
HAN SOLO

DIE ENTSCHEIDUNGSSCHLACHT VON YAVIN 4

ORT: Weltraum – Todesstern

DAUER/BEGINN: 1:40:25 ENDE: 1:52:45 = 12,20 Minuten

WAS STEHT AUF DEM SPIEL? Die Zerstörung des Todessterns

BEGINN: Die Rebellenflotte 4 startet von Yavin
ENDE: Darth Vader entkommt

TRUPPENSTÄRKEN: 33 Schiffe der Rebellenallianz VS das Imperium

WICHTIGE RAUMSCHIFFE

22 X-FLÜGEL STERNJÄGER

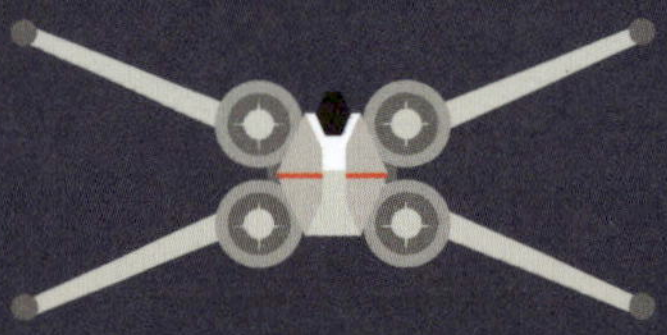

8 Y-FLÜGEL STERNJÄGER

2 R-22 SPEERSPITZE

1 *MILLENNIUM FALKE*

VS

TODESSTERN

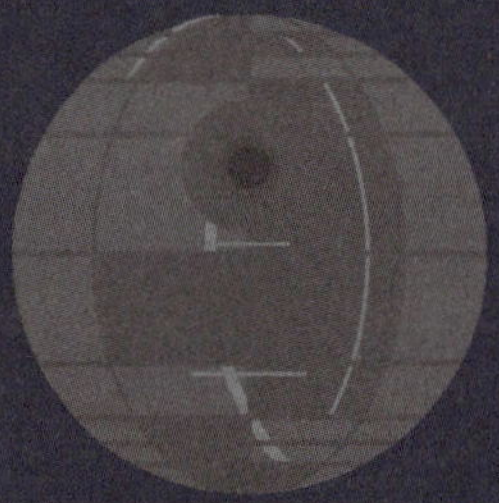

2 TIE-STERNJÄGER

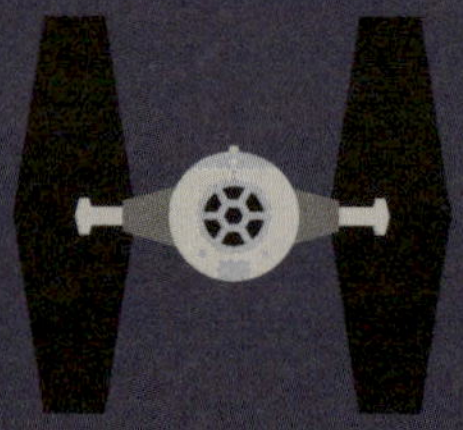

1 TIE-X1-TURBOSTERNJÄGER

Kommandeure

Rebellen

General Bob Hudsol	General Jan Dodonna	Prinzessin Leia Organa

Imperium

Darth Vader	Grossmoff Wilhuff Tarkin	Admiral Conan Antonio Motti	Hochgeneral Cassio Tagge

Wichtige Kämpfer

Rebellen

Han Solo

Imperium

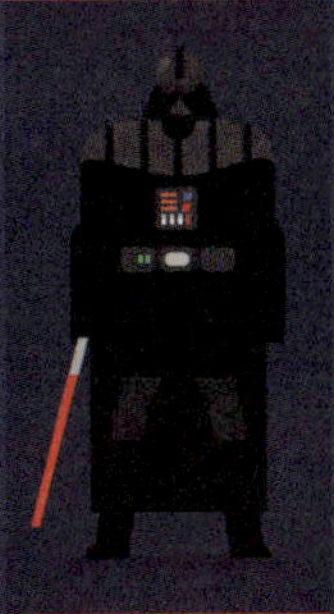

Darth Vader

Rebellen

Garven Dreis (ROT 1; LEITER ROTSTAFFEL)	Wedge Antilles (ROT 2)	Biggs Darklighter (ROT 3)	Tiree (GOLD 2)

Rebellen

Jek Porkins (ROT 6)	Theron Nett (ROT 10)	Puck Naeco (ROT 12)	Jon Vander (LEITER GOLDSTAFFEL)	Luke Skywalker (ROT 5)	Keyan Farlander (GOLD 7)

Chronologie und Ereignisse

Beginn: Die Rebellenflotte startet von Yavin 4

1:41:43 Eine Ionenkanone auf dem Todesstern feuert den ersten Schuss

1:42:41 Erster Schlag: Biggs Darklighter VS eine Turbolaserbatterie

1:42:42 Erster Verlust des Imperiums: Sturmtruppler auf dem Todesstern (bei der Explosion der Turbolaserbatterie)

BOOM!

1:42:52 Erster Verlust der Rebellen: Rot 6 bei der Explosion der Turbolaserbatterie

BOOM!

1:43:25 TIE-Sternjäger greifen ein

1:43:04 Erstes Auftreten der Macht: Obi-Wan spricht zu Luke

1:43:36 Erster X-Flügel Sternjäger wird von einem TIE-Jäger abgeschossen

1:43:56 Luke schießt den ersten TIE-Sternjäger ab

1:44:48 Erste Heldentat von Wedge Antilles: Er schießt einen TIE-Jäger ab

1:44:18 Luke wird getroffen

1:45:10 Erster Anflug in den Graben durch den Leiter der Goldstaffel

1:48:10 TIE-Sternjäger schießt einen X-Flügel Sternjäger ab (Rot 12)

1:48:26 Leiter der Rot-Staffel verfehlt den Lüftungsschacht

1:49:18 Luke, Biggs und Wedge fliegen in den Graben

1:50:12 Wedge wird getroffen und fliegt ab

BOOM!

1:51:08 Obi-Wan spricht zu Luke

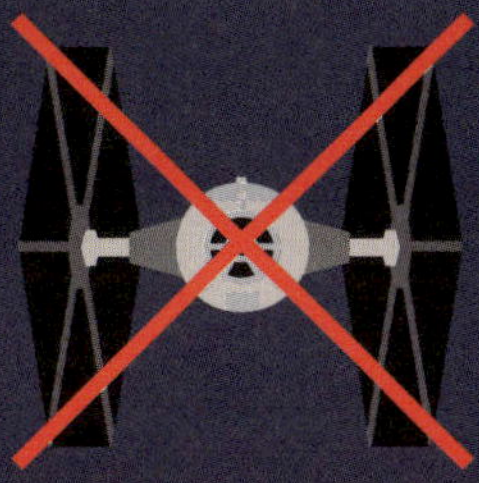

1:52:16 Wendepunkt:
Der *Millennium Falke* taucht auf und schießt einen TIE-Sternjäger ab

1:52:33 Luke feuert seine Torpedos ab

2 X-Flügel Sternjäger (Luke & Wedge), 1 Y-Flügel Sternjäger (Keyan Farlander) und der *Millennium Falke* entkommen

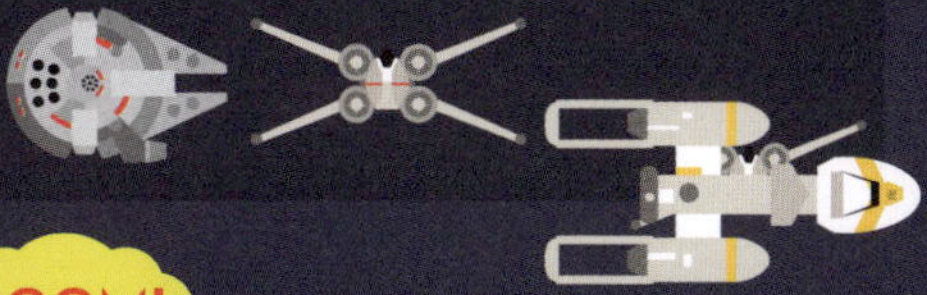

1:52:45 Der Todesstern explodiert

Darth Vader entkommt

Kurzinfo

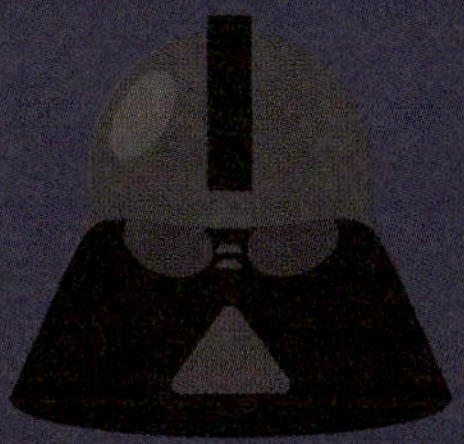

DARTH VADERS ABSCHÜSSE

3 Y-FLÜGEL STERNJÄGER:	2 X-FLÜGEL STERNJÄGER:
1:46:07 Gold 2	1:48:00 Rot 10
1:46:22 Leiter Goldstaffel	1:48:10 Leiter Rotstaffel
1:46:31 Gold 5	

1:50:39 Biggs Darklighter
1:51:45 R2-D2 getroffen

DER ERSTE TODESSTERN

GRÖSSE
120 km Ø

GESCHWINDIGKEIT
10 MGLT

BETRIEBSDAUER
28 VSY – 0 NSY

KOSTEN
1 000 000 000 000 Credits

TRAGFÄHIGKEIT
1 Million Kilotonnen

AUFBAU

3	Andockbuchten
12	Zonen

A — Superlaserschüssel
B — Äquatorgraben
C — Polgraben
D — Meridiangraben (Nord/Süd)
E — Oberflächendecks mit „Erdschwerkraft“
F — Hülle aus Quadaniumstahl

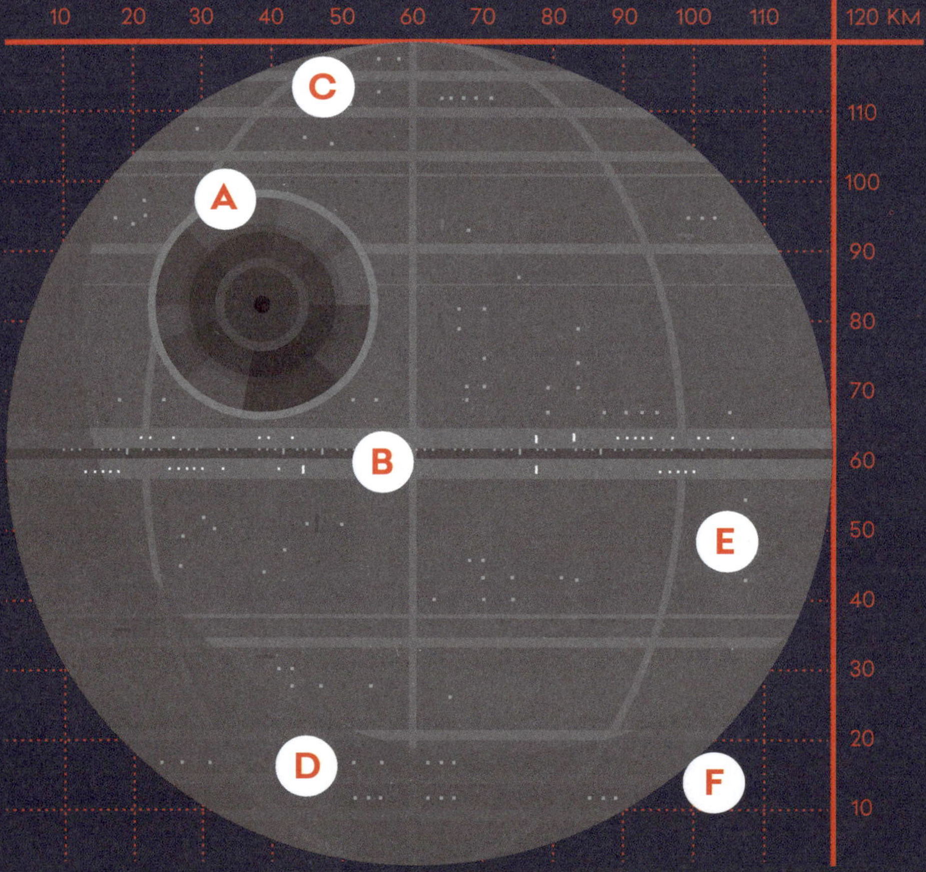

Schussweite

Antrieb

1	Triebwerk

Hyperantrieb

4.0/123 Generatoren

Bewaffnung

1	Superlaser (Reichweite 47 060 000 km)
5 000	Taim & Bak D6-Turbolaser-batterien
5 000	Taim & Bak XX9-Schwere Turbolaser
2 500	SFS L-s 4.9 Laserkanonen
2 500	Borstel Galactic Defence MS-1-Ionenkanonen
/	SB-920 Laserkanonen
768	Phylon Traktorstrahl-projektor-Stellungen
/	Partikelblaster
/	Magnet. Maschinengewehre
/	Protonentorpedos
/	Kanonen

Schilde

2	2 Kuppeln mit KDY ISD-72x Deflektor-schildgeneratoren

Zuladung

7 000	TIE-Sternjäger
4	Angriffskreuzer
3 600	Angriffsfähren
1 400	AT-AT
1 400	AT-ST
1 860	Landefähren

Besatzung

342 953	Stammbesatzung		
27 048	Offiziere		
607 360	Soldaten, davon	25 984	Sturmtruppen
		57 278	Kanoniere
167 216	Piloten		
285 675	Wartungspersonal		
42 782	Personalreserve		
843 342	Passagiere		
400 000	Droiden		

DIE CANTINA

ADRESSE:
3112 Outer Kerner Way,
Mos Eisley, Tatooine

17	TISCHE
1	BAR
58	SITZPLÄTZE
102	MAXIMALE GÄSTEZAHL (MENSCHEN), ALS GREEDO ERMORDET WURDE
37	ALIENS
7	MENSCHEN
2	DROIDEN

A – Treppe zum Keller
B – Büro
C – Getränkespender
D – Bar
E – Verkaufsraum
F – Nische mit Tisch
G – Droidendetektor
H – Vorraum
I – Theke
J – Haupteingang
K – Hintereingang

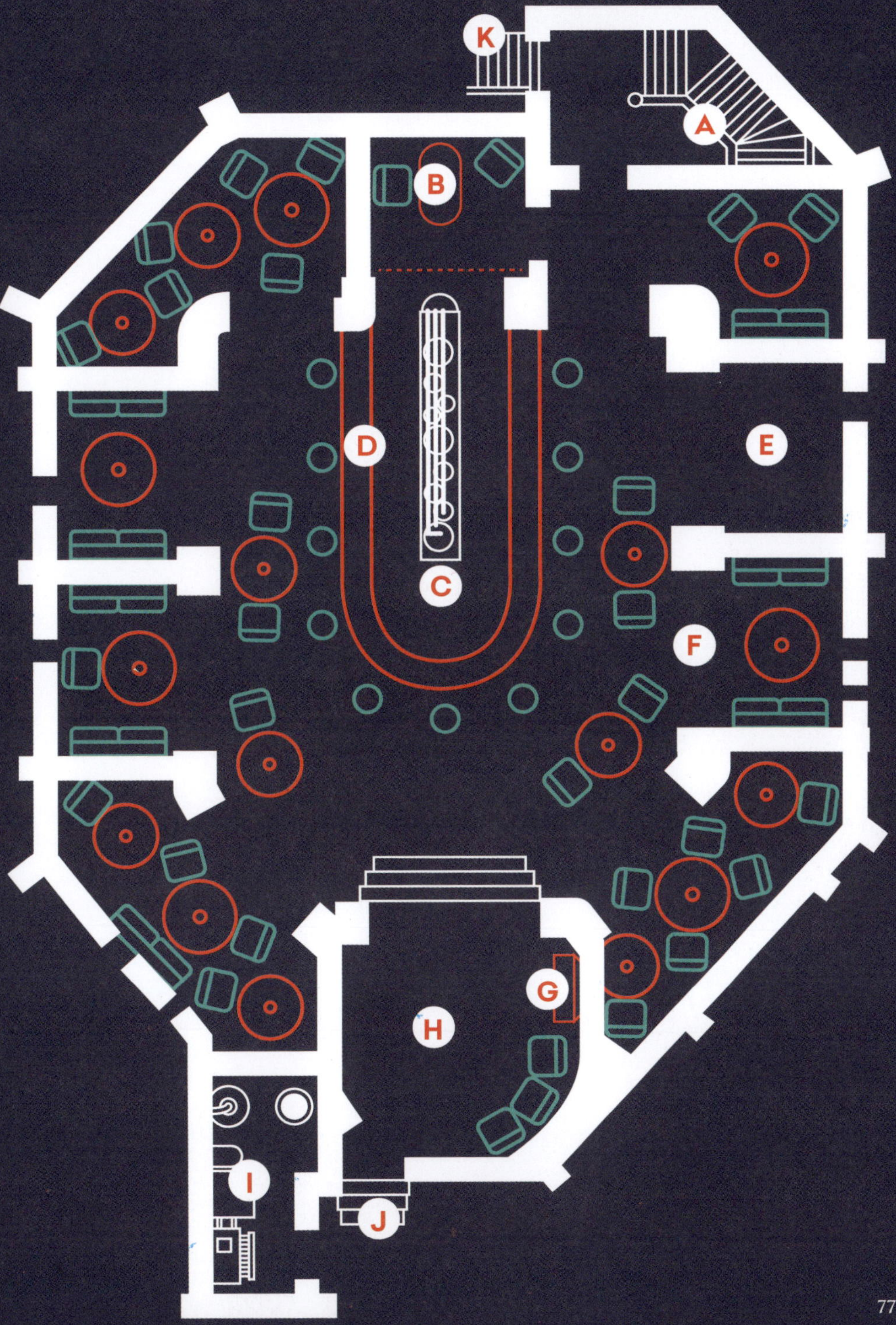
K
A
B
D
E
C
F
G
H
I
J

Reiserouten wichtiger Charaktere

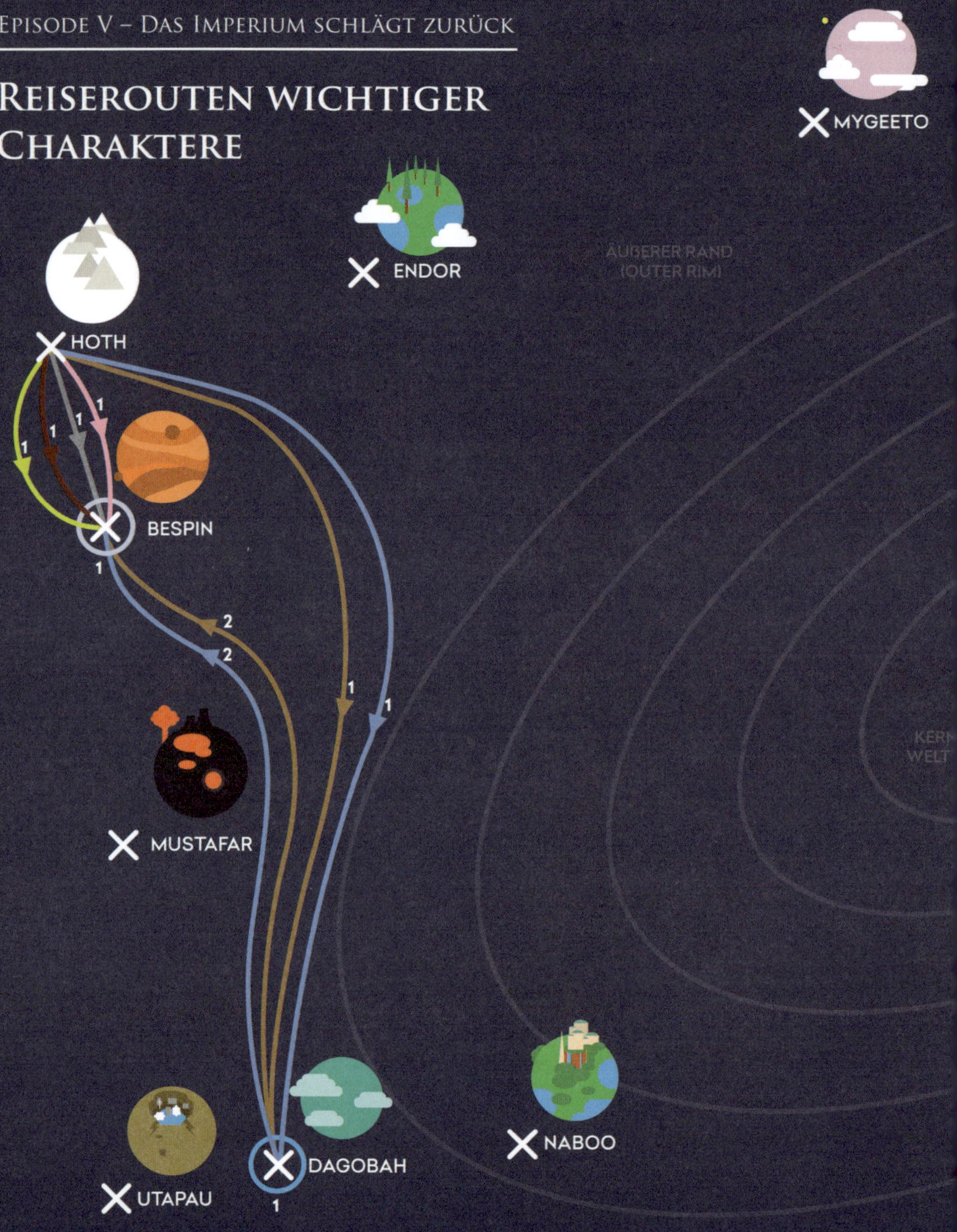

YAVIN 4
MITTLERER RAND (MID RIM)
EXPANSIONS-REGION
FELUCIA
INNERER RAND (INNER RIM)
KOLONIEN
CORUSCANT
1
INNERER STERNHAUFEN
KASHYYYK
C-3PO
R2-D2
YODA
IMPERATOR
KAMINO
CHEWBACCA
BOBA FETT
TATOOINE
PRINZESSIN LEIA
LUKE SKYWALKER
GEONOSIS
HAN SOLO

Die Entscheidungsschlacht

Ort: Wolkenstadt – Gefrierkammern/Landebucht

Dauer/Beginn: 1:38:30 **Ende:** 1:49:30 = 11,00 Minuten

Was steht auf dem Spiel? Luke VS Vader/Lando muss aus der Wolkenstadt fliehen

Beginn: R2-D2 wird hinter einer Tür eingeschlossen

Ende: Der *Millennium Falke* startet

Wer VS wen? Jedi VS Sith/ Lando Calrissian VS das Imperium

Wichtige Kämpfer

1) Chronologie und Ereignisse auf Ebene 3

1:38:53 Vader tritt auf

1:39:09 Luke aktiviert sein Lichtschwert

1:39:11 Vader aktiviert sein Lichtschwert

1:39:18 erster Schlagabtausch

1:41:49 Vader entwaffnet Luke

1:42:16 Luke entkommt aus der Gefrierkammer

1:43:00 Luke drängt Vader in den Schacht

1:42:10 Luke fällt in die Gefrierkammer

1:42:25 Darth Vader „Beeindruckend, höchst beeindruckend“

1:44:23 Der Sog reißt Luke aus dem Fenster

1:43:16 Übergang zur unteren Ebene

1:47:48 Vader schlägt Lukes Hand ab

1:48:36 Darth Vader „Ich bin dein Vater“

1:49:30 Luke lässt sich in den Schacht fallen

1:44:38 Übergang auf den Laufgang

1:47:44 Luke verwundet Vader

1:49:13 Darth Vader „Verbünde dich mit mir. Gemeinsam können wir als Vater und Sohn über die Galaxis herrschen.“

2) Chronologie und Ereignisse auf Ebene 1

1:39:53 Die Wachen der Wolkenstadt umringen die Sturmtruppen

1:40:51 Boba Fett lädt den in Karbonit eingefrorenen Han Solo in sein Raumschiff

1:41:28 Boba Fett entkommt

1:45:33 R2-D2 deaktiviert die Sicherheitssperre

1:40:14 Chewie würgt Lando

1:41:03 R2-D2 stößt zu der Gruppe

1:45:00 Lando lässt die Wolkenstadt evakuieren

1:46:44 Der *Millennium Falke* startet

Reiserouten wichtiger Charaktere

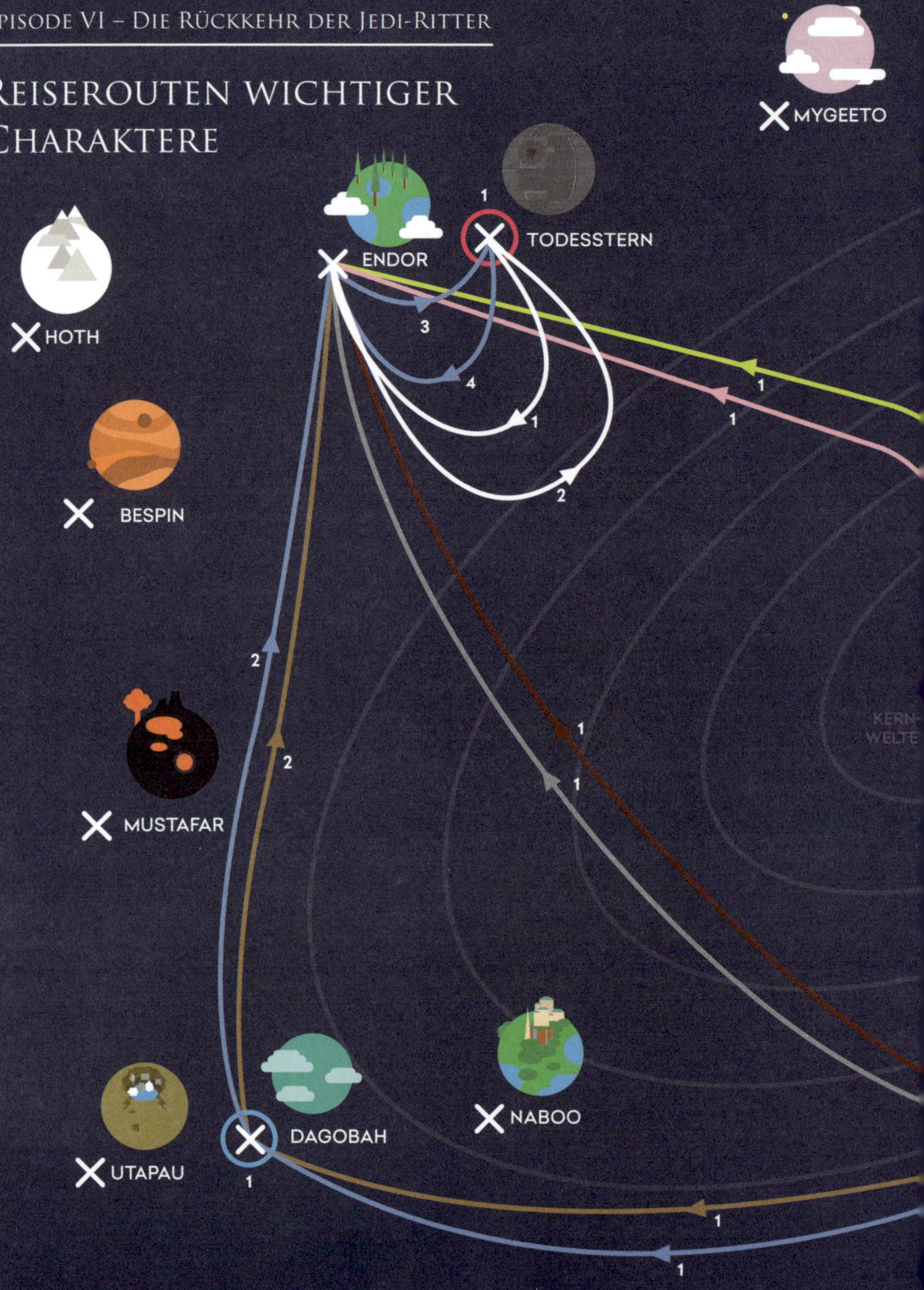

GRENZE DES ÄUẞEREN RANDES
YAVIN 4
MITTLERER RAND (MID RIM)
EXPANSIONS-REGION
FELUCIA
INNERER RAND (INNER RIM)
KOLONIEN
CORUSCANT
INNERER STERNHAUFEN
KASHYYYK
C-3PO
R2-D2
YODA
IMPERATOR
KAMINO
CHEWBACCA
BOBA FETT
TATOOINE
1
PRINZESSIN LEIA
LUKE SKYWALKER
GEONOSIS
DARTH VADER
HAN SOLO

DIE ENTSCHEIDUNGSSCHLACHT VON ENDOR

Ort: Endor/Todesstern/Weltraum

Dauer/Beginn: 1:27:09 **Ende:** 1:58:37 = 31,28 Minuten

Was steht auf dem Spiel? Der Deflektorschild des Todessterns muss deaktiviert, Palpatine besiegt und der Todesstern zerstört werden

Wer gegen wen? Rebellen & Ewoks VS das Imperium / Jedi VS Sith / Rebellen VS den Todesstern

Wichtige Kämpfer

Rebellen

Chewbacca | Han Solo | Prinzessin Leia Organa | R2-D2 | C-3PO | Paploo | Wicket

Rebellen

Lando Calrissian | Nien Nunb | Wedge Antilles | General Ackbar

Jedi

Luke Skywalker

Imperium

Darth Vader | Palpatine

Raumschiffe und Fahrzeuge

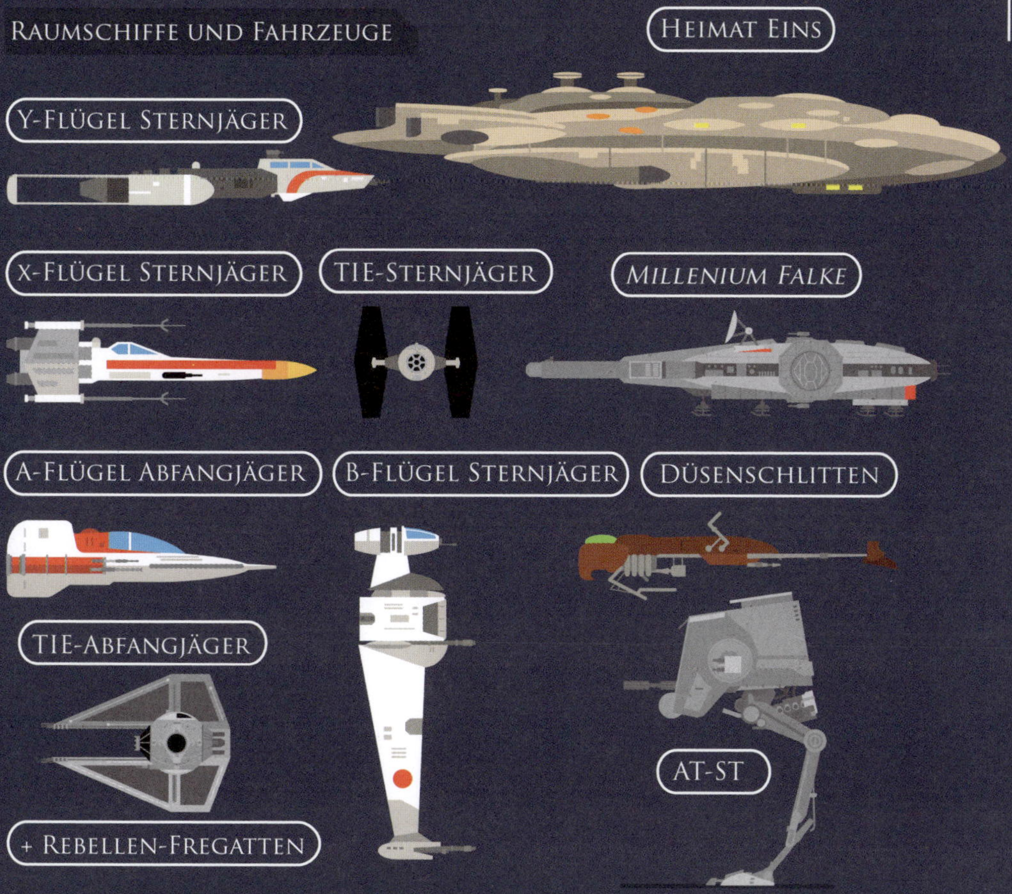

1) Chronologie und Ereignisse:

Bunker / Endor

4 Sturmtruppler bewachen den Bunker

1:27:09 Paploo stiehlt den Düsenschlitten und wird von 3 Sturmtrupplern verfolgt

1:27:55 Paploo springt vom Düsenschlitten

1:28:05 Die Rebellen nehmen den letzten Sturmtruppler gefangen

1:28:10 Der Bunker wird geöffnet

1:31:09 Sie betreten den Kontrollraum

1:31:27 Imperiale Truppen erreichen den Bunker

1:31:44 Han, Leia, Chewie werden verhaftet „Das reicht, ihr dreckigen Rebellen."

1:34:43 C-3PO lenkt die Imperialen Truppen ab

1:35:08 Die Ewoks greifen die Sturmtruppen an

1:35:30 Han und Leia werden befreit

1:37:07 Wicket schlägt sich selbst k.o.

1:39:50 R2-D2 und C-3PO stoßen zu Han und Leia

1:40:02 R2-D2 wird beschossen

1:40:36 Bei einer Explosion wird einer der beiden Ewoks getötet

BOOM!

1:42:40 Chewbacca übernimmt einen AT-ST / Wendepunkt

1:43:15 Chewbacca zerstört den ersten AT-ST

1:44:03 Ein Ewok zerstört das erste Fahrzeug, einen Düsenschlitten . . .

1:44:08 Er zerstört einen zweiten ... BOOM!

1:44:22 ... und einen AT-ST BOOM!

1:44:36 ... und einen weiteren BOOM!

1:44:44 Leia wird verwundet

1:47:54 Han und Leia erobern den Bunker mit einem Trick

1:50:52 Der Bunker fliegt in die Luft BOOM!

2) Chronologie und Ereignisse

Todesstern

1:22:10 Luke ergibt sich Darth Vader

1:23:38 Darth Vader zu Luke: „Für mich ist es dafür zu spät, mein Sohn.“

1:24:00 Luke wird abgeführt

1:30:11 Der Imperator enthüllt Luke, dass er die Pläne der Rebellen kennt

1:39:05 Der Todesstern feuert zum ersten Mal

1:42:04 Vader aktiviert sein Lichtschwert

1:45:40 Luke bringt Vader zu Fall

1:46:10 Vader setzt den Zweikampf fort

1:48:40
Vader erfährt von Leia
WENDEPUNKT

1:49:35 Luke schlägt Vader nieder

1:50:23 Luke wendet sich endgültig von der dunklen Seite ab; er sagt zum Imperator: „Niemals! Ich werde nie zur dunklen Seite gehören!“

1:52:58 Die Rückkehr des Jedi-Ritters: Vader packt den Imperator

1:28:59 Luke steht vor dem Imperator

1:33:22 Luke beobachtet den Angriff

1:42:04 Luke holt sein Lichtschwert zurück

1:42:06 Erster Schlagabtausch

1:45:50 Luke unterbricht den Kampf

STOP

1:46:35 Vader zögert. Luke: „Deine Gedanken verraten dich.“ Sie unterbrechen den Kampf

1:49:06 Luke setzt den Zweikampf fort

1:49:44 Luke schlägt Vaders Hand ab

1:51:25 Der Imperator greift Luke an

1:53:06 Der Tod des Imperators

KURZINFO

SCHLAGABTAUSCH DER LICHTSCHWERTER
(GRÜN VS ROT): 49

3) CHRONOLOGIE UND EREIGNISSE

WELTRAUM/TODESSTERN

1:31:54 Lando geht zur Lichtgeschwindigkeit über

1:32:34 Lando erkennt die Falle

1:33:00 Die Imperiale Flotte erscheint

1:39:05 Der Todesstern feuert zum ersten Mal

1:41:03 Der zweite Schuss des Todessterns zerstört eine Fregatte der Rebellen

1:32:00 Der *Millennium Falke* gerät in die Reichweite des Todessterns

1:32:58 Admiral Ackbar: „Das ist eine Falle!“

1:33:05 Das Imperium greift zum ersten Mal an

1:39:08 Eine Fregatte der Rebellen wird zerstört

1:51:04 Der Schild des Todessterns bricht zusammen
WENDEPUNKT

1:53:53 Der *Millennium Falke* fliegt in den Todesstern

1:54:53 Ein Sternzerstörer explodiert

BOOM!

1:57:45 Wedge trifft ins Schwarze

1:54:40 Der *Millennium Falke* verliert seinen Deflektorschild

1:55:33 Ein Supersternzerstörer explodiert

BOOM!

1:57:51 Der *Millennium Falke* trifft ins Schwarze

1:58:31 Der *Millennium Falke* kann rechtzeitig entkommen

1:58:37 Der Zweite Todesstern explodiert

BOOM!

ZERSTÖRTE TIE

5 TIE-STERNJÄGER
7 TIE-ABFANGJÄGER
(DAVON 3 DURCH DEN MILLENNIUM FALKEN)
SUMME = 12

ZERSTÖRTE STERNJÄGER

2 A-FLÜGEL ABFANGJÄGER
3 X-FLÜGEL STERNJÄGER
1 Y-FLÜGEL STERNJÄGER
SUMME = 6

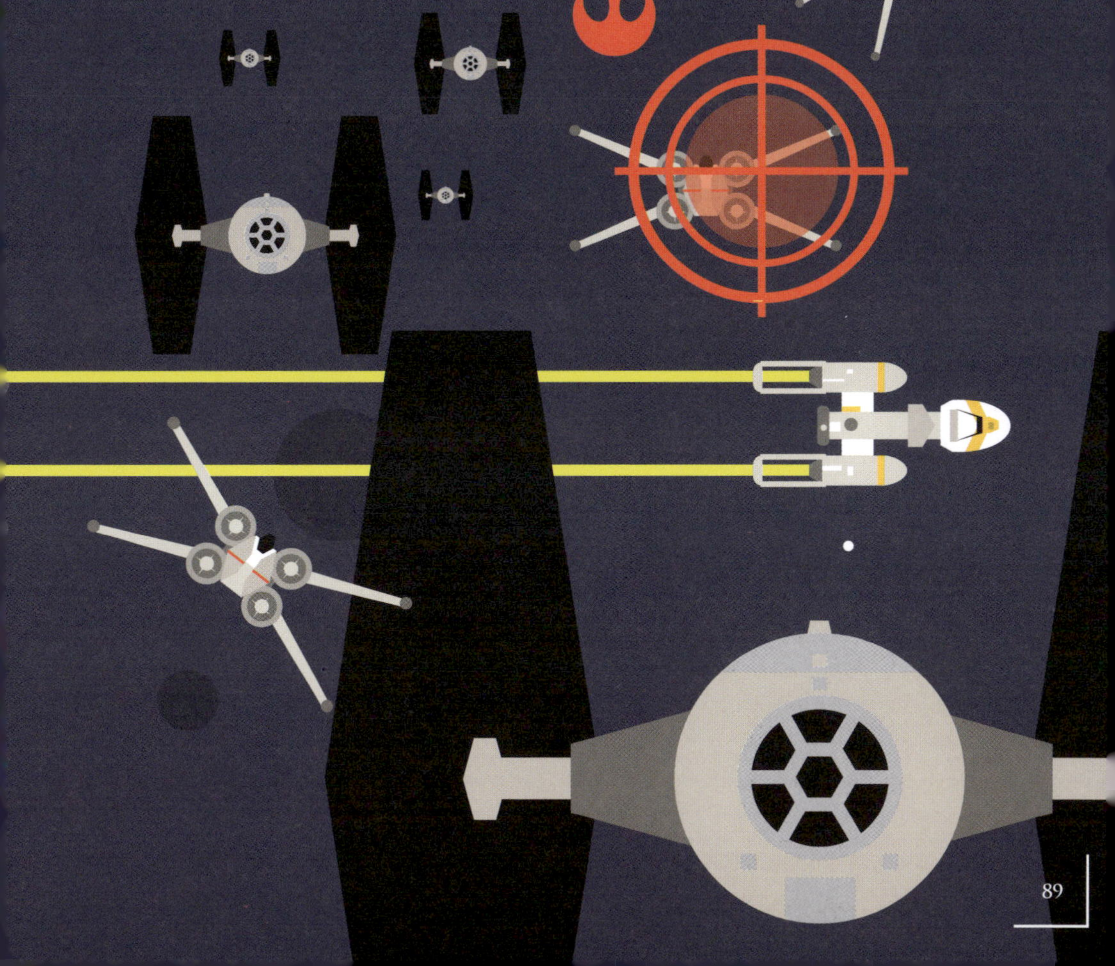

Grösse

160 km Ø

Geschwindigkeit

20 MGLT

Lebensdauer

29 VSY - 0 NSY

Kosten

1 000 000 000 000 Credits

Tragfähigkeit

1 Million Kilotonnen

Aufbau

1 Andockbucht

12 Zonen

A — Superlaserschüssel

B — Äquatorgraben

C — Nördlicher Kommandosektor

D — Südlicher Kommandosektor

E — Reaktorkern (im Innern)

F — unvollendete Aufbauten

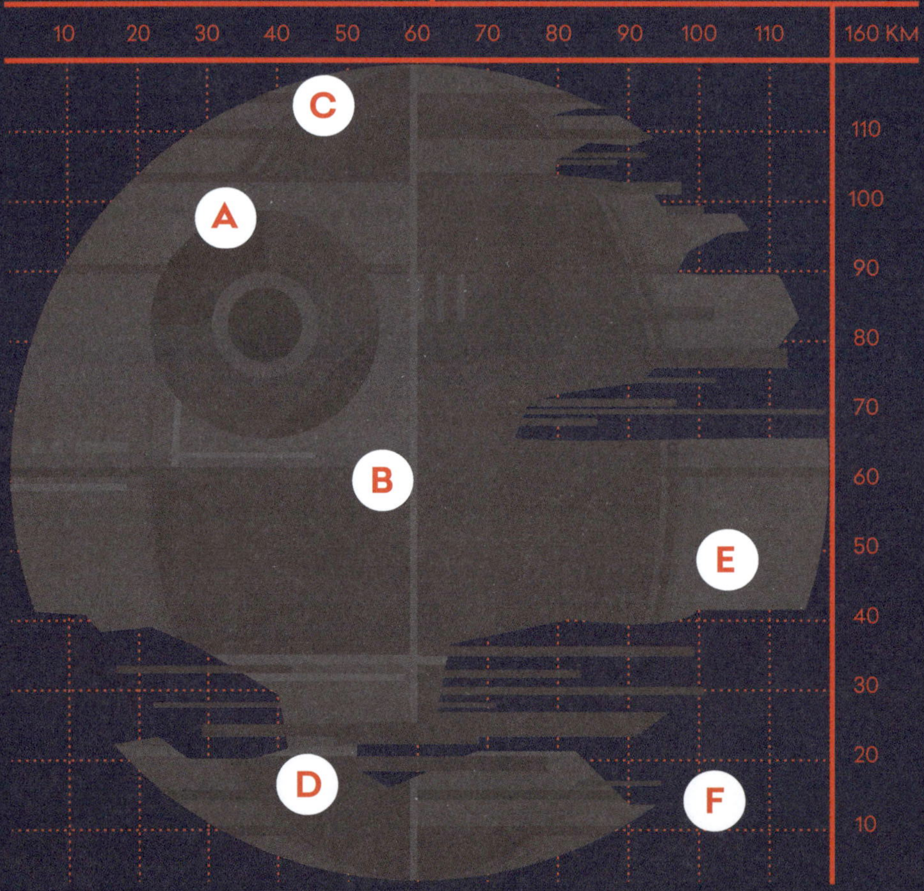

Schussweite

1 AN 1 AN 1 AN 1 AN 1 AN 1 AN

Antrieb

/	noch im Bau

Hyperantrieb

3.0

Bewaffnung

1	Imperialer Superlaser II (Reichweite 47 060 000 km)
15 000	Taim & Bak D6-Turbolaserbatterien
15 000	Taim & Bak XX9-Schwere Turbolaserbatterien
7 500	SFS L-s 4.9 Laserkanonen
5 000	Borstel Galactic Defence MS-1-Ionenkanonen
768	Phylon Traktorstrahl-projektor-Stellungen

Zuladung

7 200	TIE-Sternjäger
16	Sternzerstörer
3 600	*Tydirium*-Raumfähren
2 480	2480 Skipray-Blitzjäger
1 400	AT-AT
1 400	AT-ST
1 420	T1-B Repulsorpanzer
1 420	Repulsorfahrzeuge
4 843	HAVw-A5 Juggernauts
178	PX-4 Mobile Kommandozentralen
355	HAVr A9 Fliegende Festungen
1 860	Truppentransporter

Besatzung

485 560	Stammbesatzung		
27 048	Offiziere		
1 295 950	Soldaten, darunter	127 570	Sturmtruppen und
		152 275	Kanoniere
334 432	Piloten		
75 860	Wartungspersonal		

INSGESAMT: 224.190 CREDITS

1 ABGEWORFENE SCHMUGGELLADUNG:	**12 400 Credits**
1 TOTER ANGESTELLTER (GREEDO):	**4 100 Credits**
UMBAUTEN AM *MILLENNIUM FALKEN*:	**125 640 Credits**
STECKBRIEF:	**320 Credits**
BOBA FETTS PRÄMIE:	**5 000 Credits** (500 pro Tag)
ZUSÄTZLICHE KOPFGELDER:	**2 000 Credits** (50 Credits pro Tag und Kopfgeldjäger)
ZINSEN (50%):	**74 730 Credits**

WAS TRÄGT EIN JEDI BEI SICH?

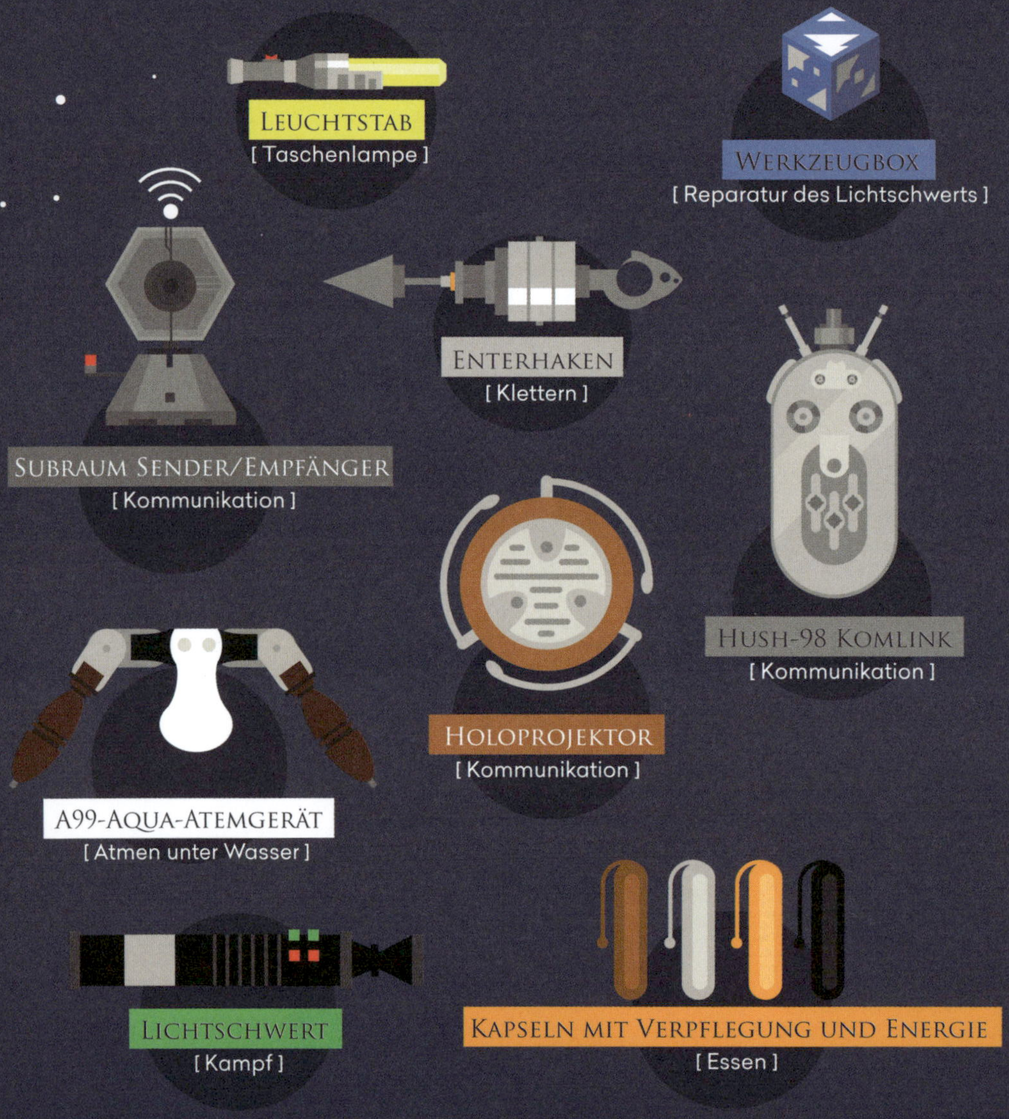

ANZAHL DER VERSCHIEDENEN OUTFITS DER CHARAKTERE IN DEN FILMEN

DARTH VADER [insgesamt 1]

Ep. IV: 1
Ep. V: 1
Ep. VI: 1

OBI-WAN KENOBI [insgesamt 1]

Ep. IV: 1
Ep. V: 1

CHEWBACCA [insgesamt 1]

Ep. IV: 1
Ep. V: 1
Ep. VI: 1

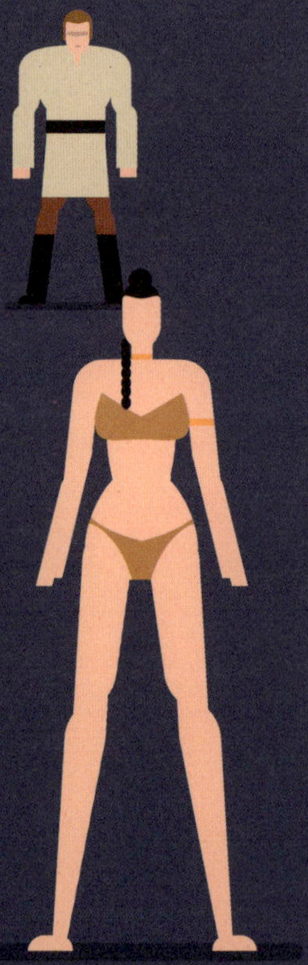

LUKE SKYWALKER [insgesamt 12]

Ep. IV: 4 (Tatooine, Sturmtruppler, Pilot, Siegesfeier)
Ep. V: 5 (Hoth, Pilot, Dagobah, Bespin, Krankenstation)
Ep. VI: 3 (Jedi, Pilot, Endor)

HAN SOLO [insgesamt 10]

Ep. IV: 3 (Alltagskleidung, Sturmtruppler, Siegesfeier)
Ep. V: 3 (Hoth, Bespin, Karbonit)
Ep. VI: 4 (Karbonit, Jabba, Endor, Schlussszene)

LEIA [insgesamt 11]

Ep. IV: 3 (Alltagskleidung, Yavin 4, Siegesfeier)
Ep. V: 3 (Hoth, Bespin, Krankenstation)
Ep. VI: 5 (Boushh, Sklave, Endor, Ewok, Schlussszene)

LANDO [insgesamt 3]

Ep. V: 1 (Bespin)
Ep. VI: 2 (Jabba, Alltagskleidung)

ZWEITE TRILOGIE

[1999–2005]

Grösse der Charaktere

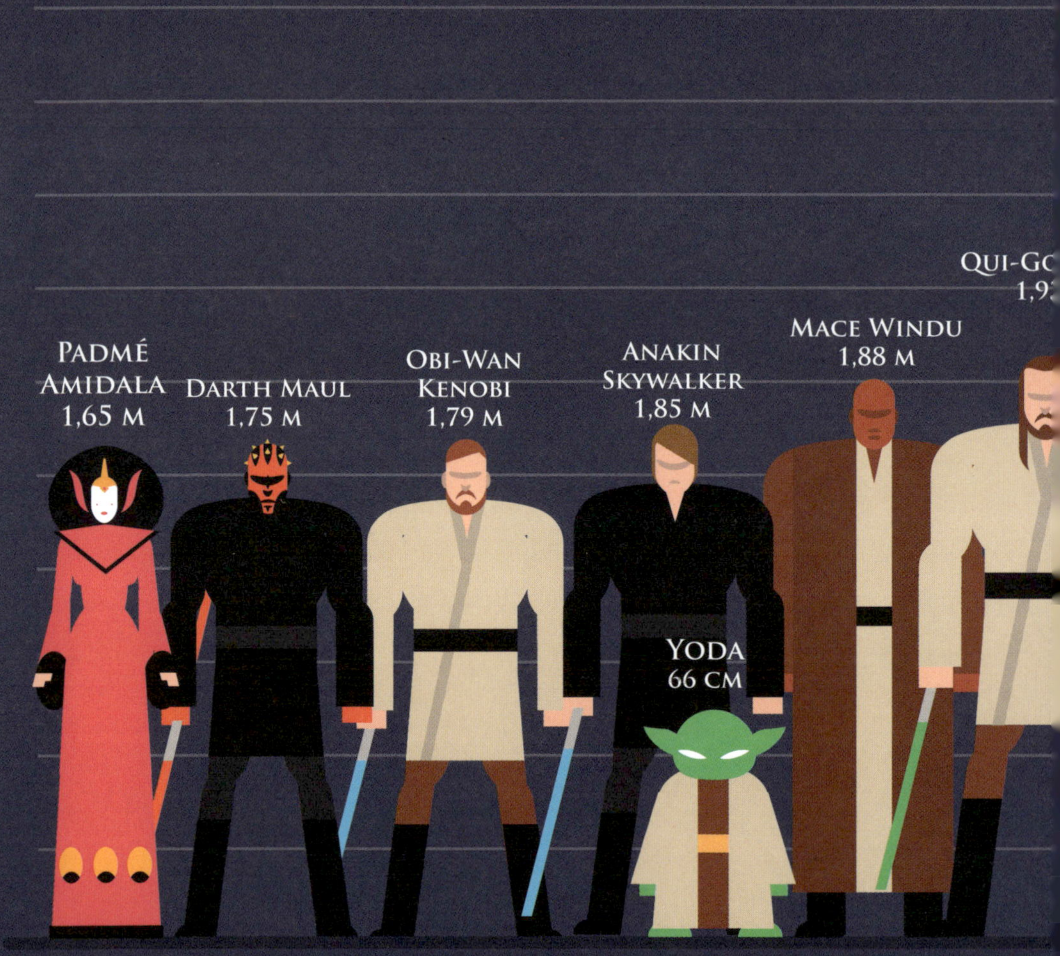

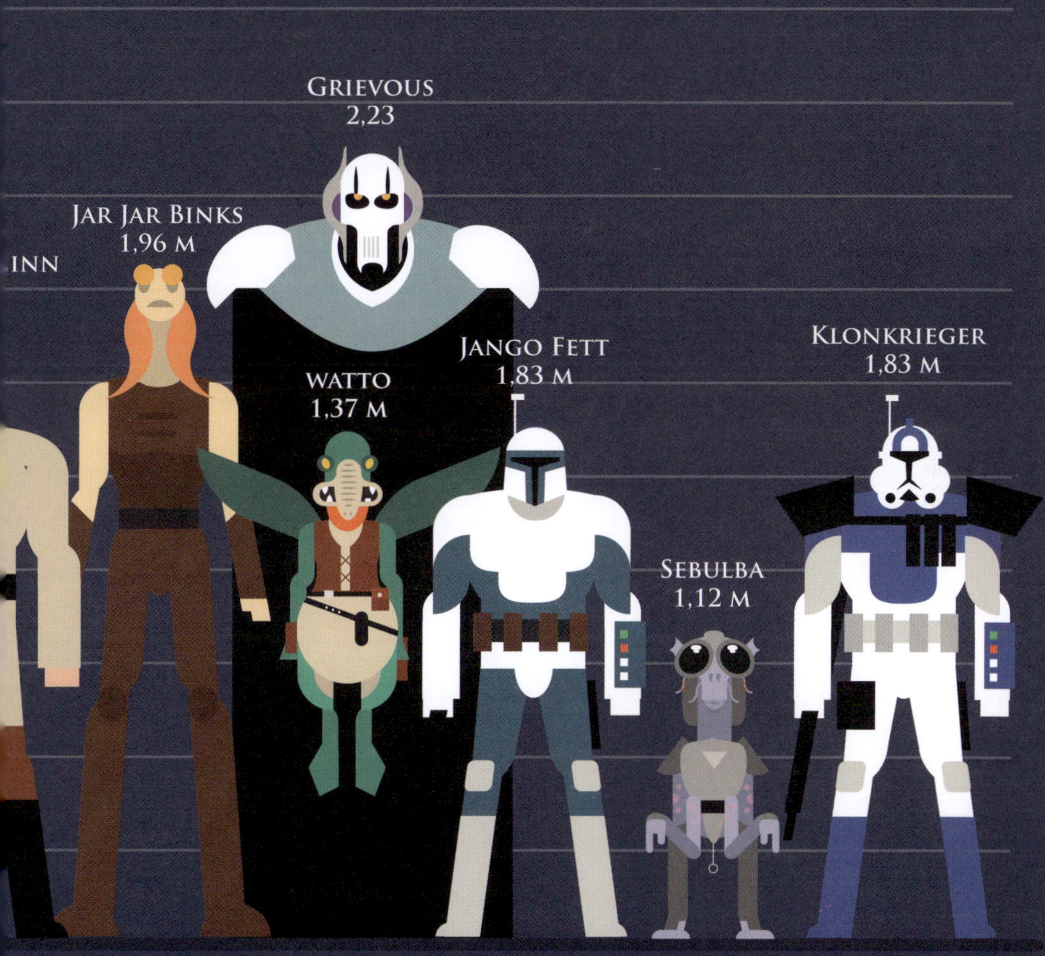
GRIEVOUS
2,23
JAR JAR BINKS
1,96 M
INN
WATTO
1,37 M
JANGO FETT
1,83 M
KLONKRIEGER
1,83 M
SEBULBA
1,12 M

REISEROUTEN WICHTIGER CHARAKTERE

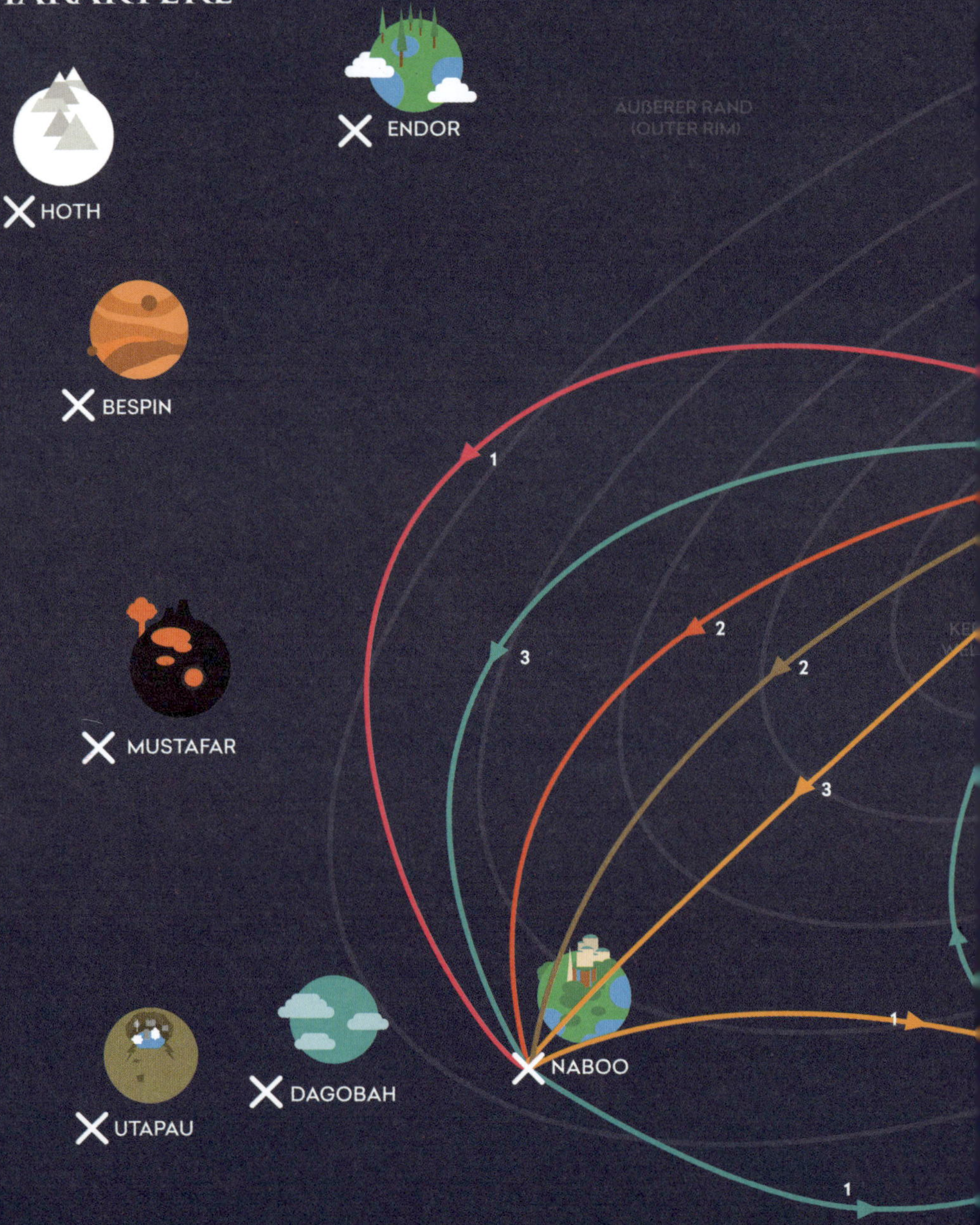

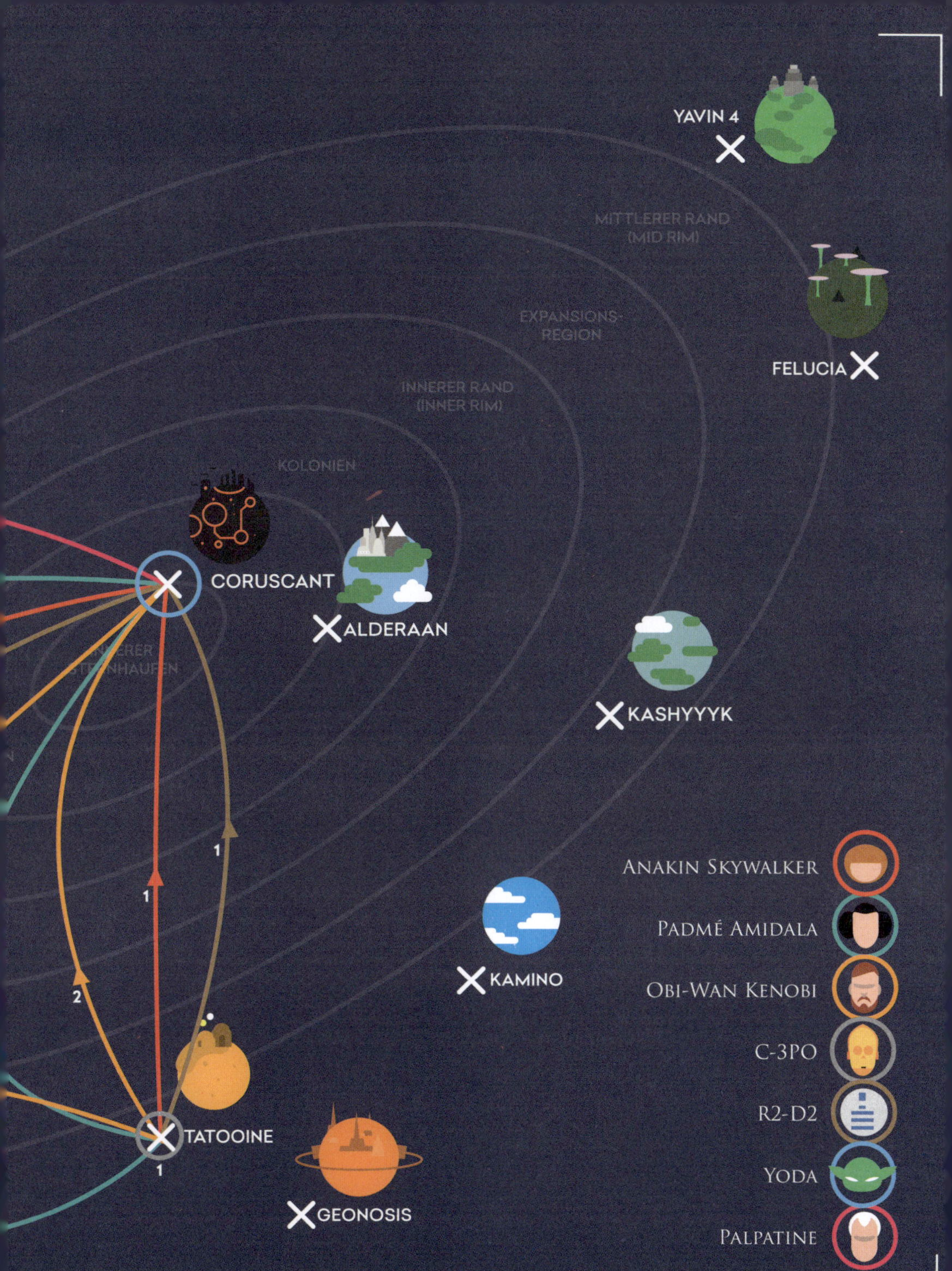
YAVIN 4
MITTLERER RAND
(MID RIM)
EXPANSIONS-
REGION
FELUCIA
INNERER RAND
(INNER RIM)
KOLONIEN
CORUSCANT
ALDERAAN
KASHYYYK
1
1
KAMINO
2
TATOOINE
1
GEONOSIS
Anakin Skywalker
Padmé Amidala
Obi-Wan Kenobi
C-3PO
R2-D2
Yoda
Palpatine

BOONTA-RENNEN (32 VSY) – RENNERGEBNISSE

ANAKIN SKYWALKER

IM ZIEL 15:42

GASGANO

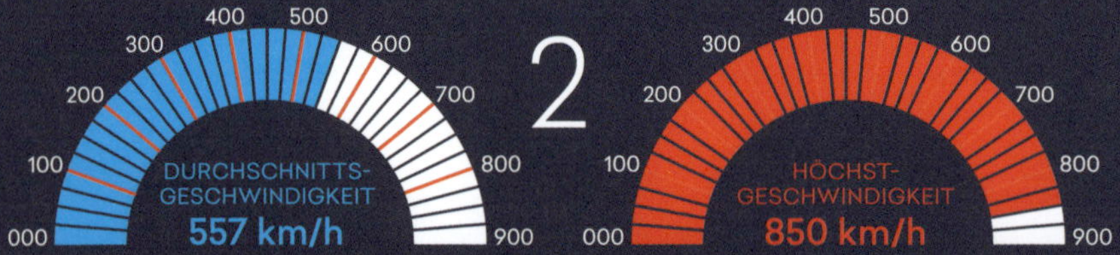

IM ZIEL 15:48

ALDAR BEEDO

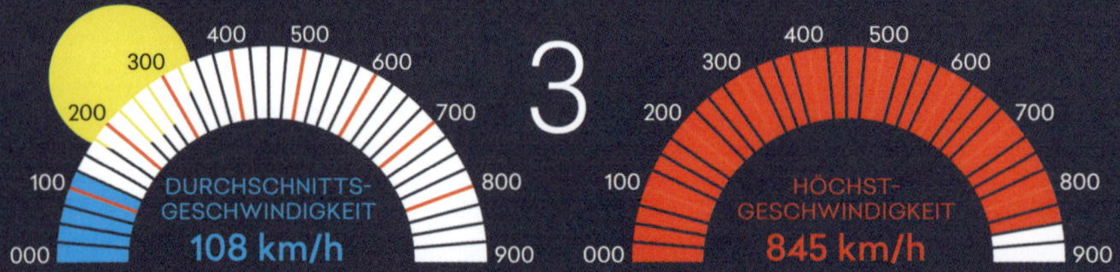

IM ZIEL 15:52

UNFÄLLE & AUSFÄLLE

NEVA KEE, RATTS TYERELL, SEBULBA, ARK ROOSE, WAN SANDAGE, MARS GUO, MAWHONIC, DUD BOLT, CLEGG HOLDFAST, ODY MANDRELL, TEEMTO PAGALIES, BEN QUADINAROS

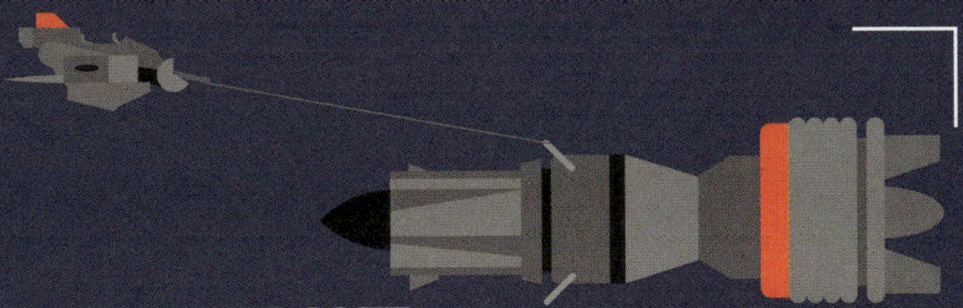

EBE ENDOCOTT

4

000 100 200 300 400 500 600 700 800 900
DURCHSCHNITTS-GESCHWINDIGKEIT
827 km/h

000 100 200 300 400 500 600 700 800 900
HÖCHST-GESCHWINDIGKEIT
994 km/h

IM ZIEL 16:04

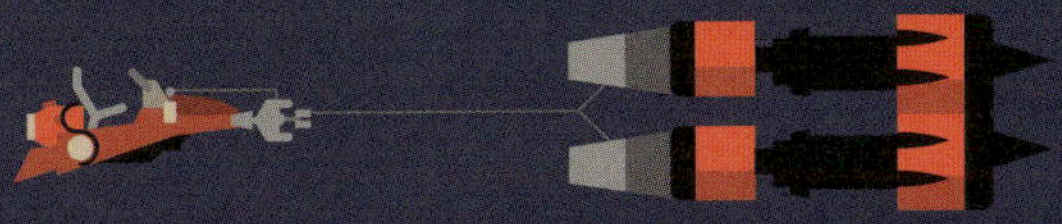

ELAN MAK

5

000 100 200 300 400 500 600 700 800 900
DURCHSCHNITTS-GESCHWINDIGKEIT
737 km/h

000 100 200 300 400 500 600 700 800 900
HÖCHST-GESCHWINDIGKEIT
819 km/h

IM ZIEL 16:10

BOLES ROOR

6

000 100 200 300 400 500 600 700 800 900
DURCHSCHNITTS-GESCHWINDIGKEIT
473 km/h

000 100 200 300 400 500 600 700 800 900
HÖCHST-GESCHWINDIGKEIT
781 km/h

IM ZIEL 16:42

PODRENNER

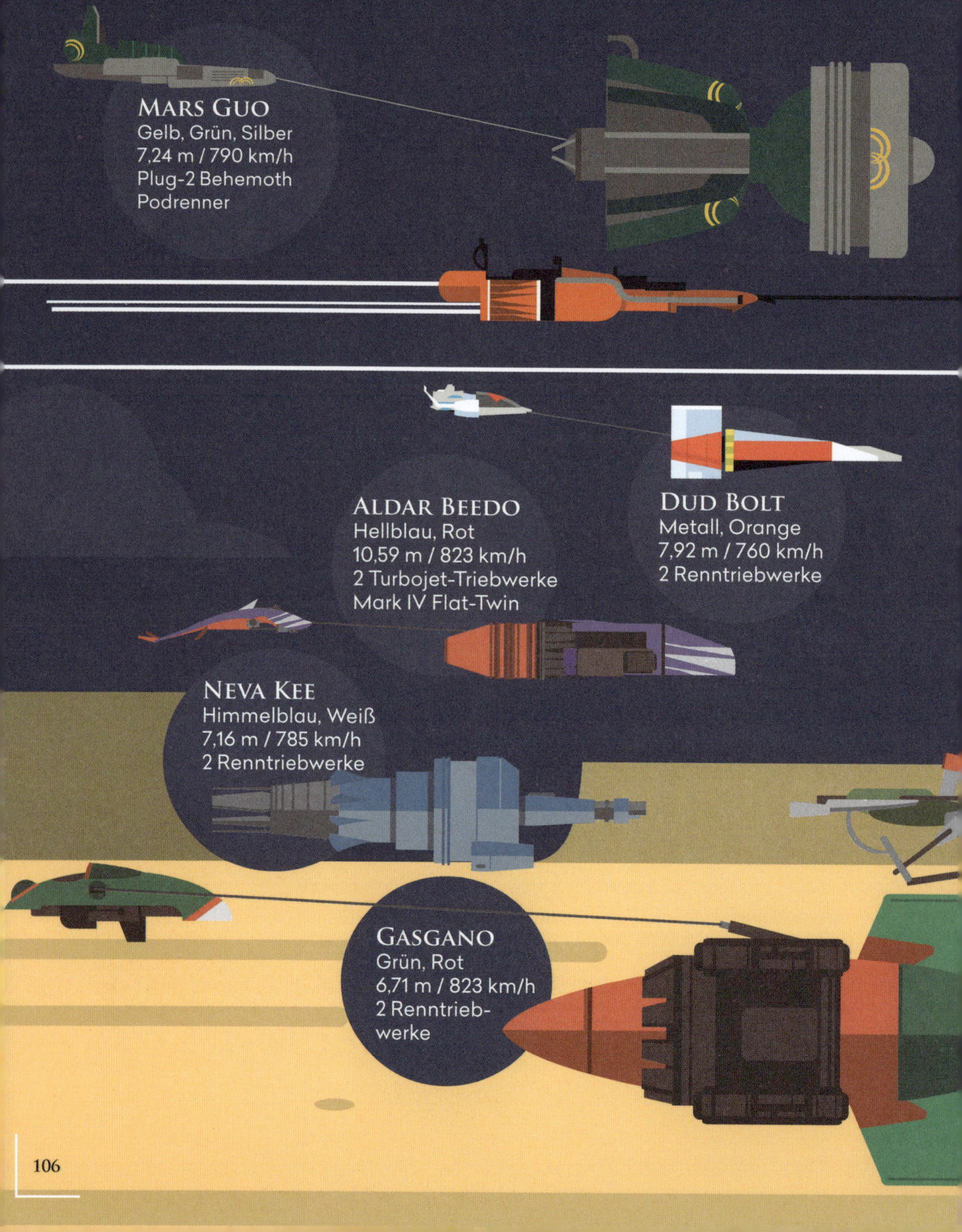
Mars Guo
Gelb, Grün, Silber
7,24 m / 790 km/h
Plug-2 Behemoth
Podrenner
Aldar Beedo
Hellblau, Rot
10,59 m / 823 km/h
2 Turbojet-Triebwerke
Mark IV Flat-Twin
Dud Bolt
Metall, Orange
7,92 m / 760 km/h
2 Renntriebwerke
Neva Kee
Himmelblau, Weiß
7,16 m / 785 km/h
2 Renntriebwerke
Gasgano
Grün, Rot
6,71 m / 823 km/h
2 Renntrieb-
werke

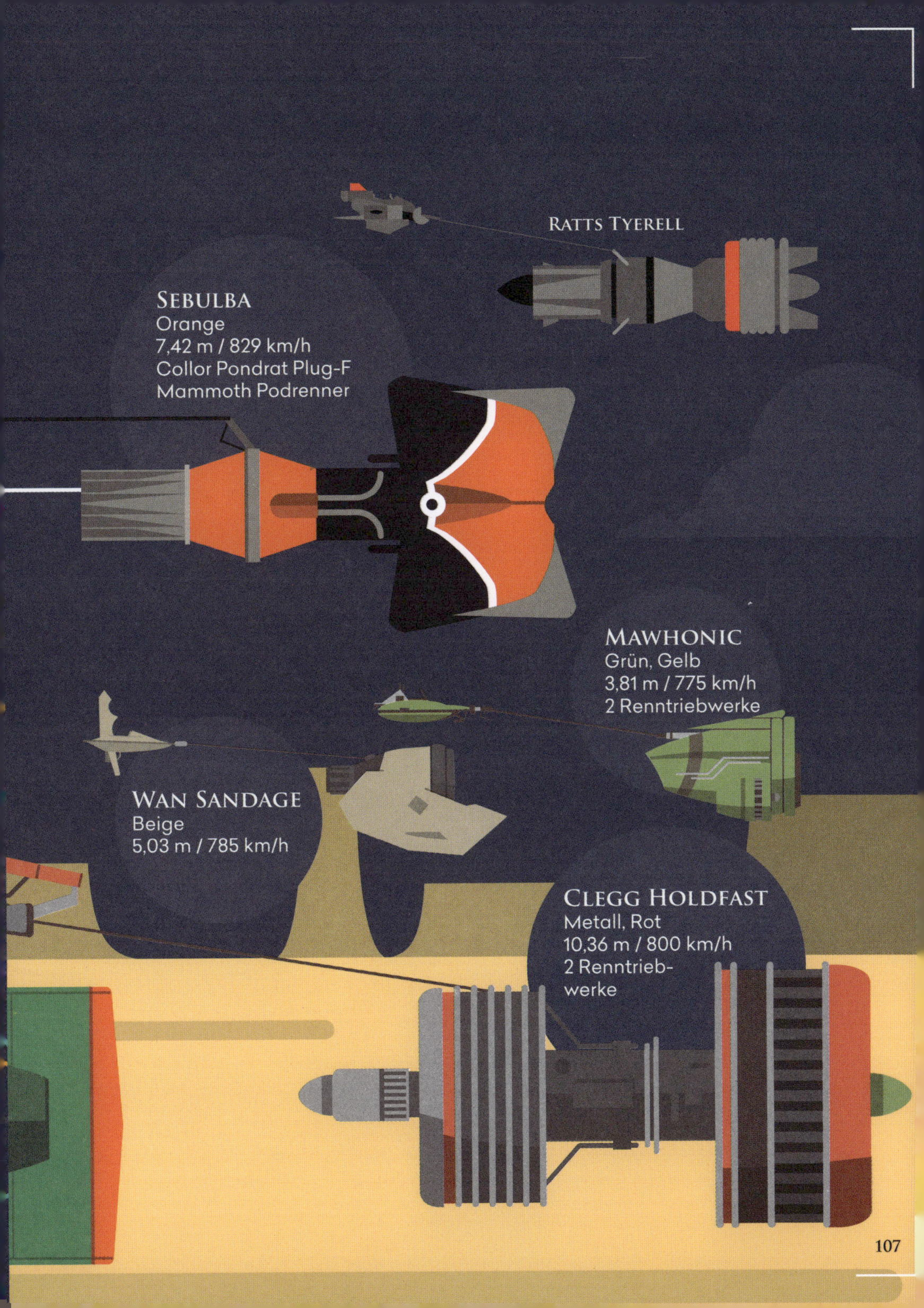
RATTS TYERELL
SEBULBA
Orange
7,42 m / 829 km/h
Collor Pondrat Plug-F
Mammoth Podrenner
MAWHONIC
Grün, Gelb
3,81 m / 775 km/h
2 Renntriebwerke
WAN SANDAGE
Beige
5,03 m / 785 km/h
CLEGG HOLDFAST
Metall, Rot
10,36 m / 800 km/h
2 Renntrieb-
werke

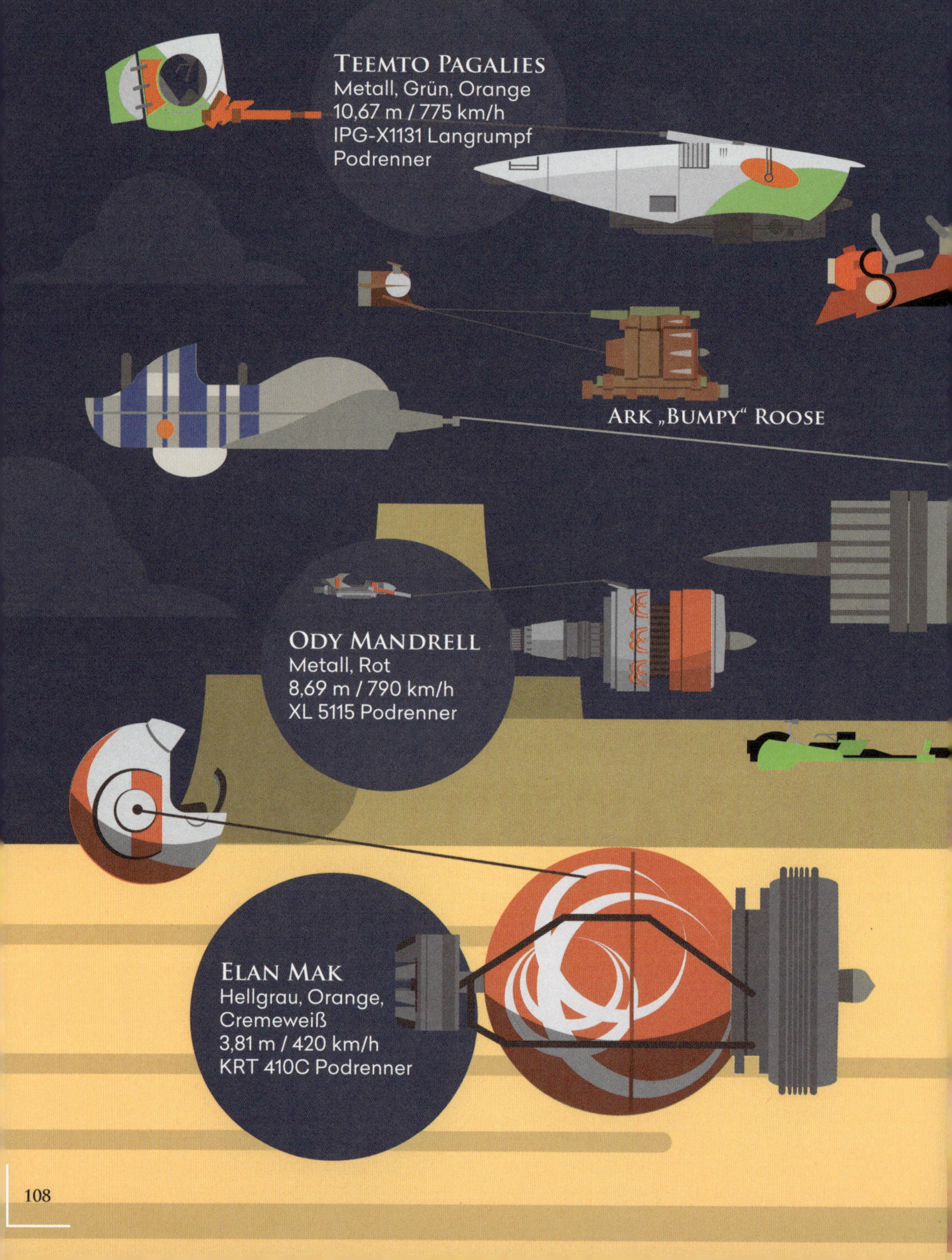
TEEMTO PAGALIES
Metall, Grün, Orange
10,67 m / 775 km/h
IPG-X1131 Langrumpf
Podrenner
ARK „BUMPY“ ROOSE
ODY MANDRELL
Metall, Rot
8,69 m / 790 km/h
XL 5115 Podrenner
ELAN MAK
Hellgrau, Orange,
Cremeweiß
3,81 m / 420 km/h
KRT 410C Podrenner

Ben Quadrinos
Rot, Metall
4,50 m / 940 km/h
4 Renntriebwerke

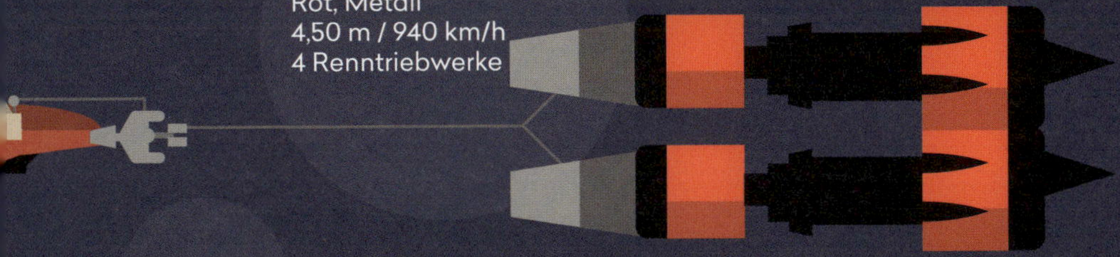

Anakin Skywalker
Gelb
7 m / 947 km/h
2 Radon-Ulzer 620C
Renntriebwerke

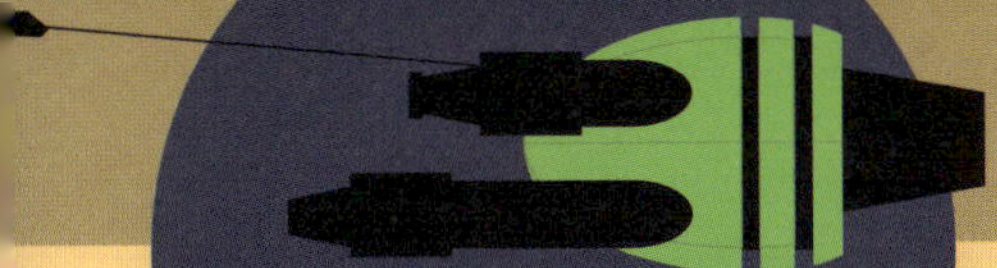

Boles Roor
Schwarz, Hellgelb
7,39 m / 790 km/h
Quadrijet 4-Barrel 904E
Podrenner

Ebe Endocott
Helltürkis, Hellorange
9,55 m / 785 km/h
J930 Dash-8 Podrenner

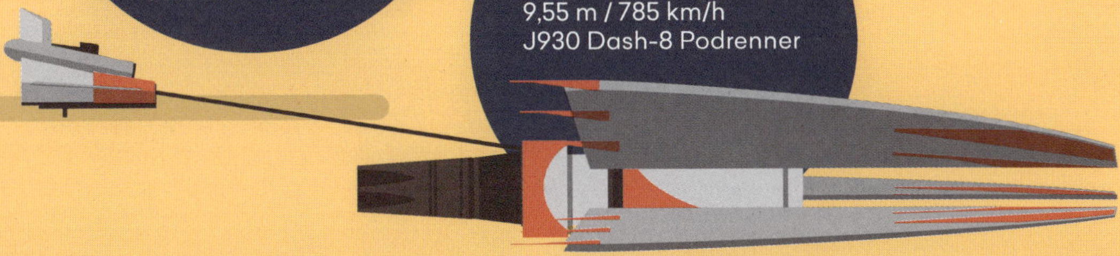

DIE ENTSCHEIDUNGSSCHLACHT

ORT: Ebene auf Naboo / Palast von Naboo / Energiegenerator von Theed / Weltraum – Droiden-Kontrollschiff Vuutun Palaa

DAUER/BEGINN: 1:40:56 ENDE: 2:00:33 = 19,37 Minuten

WAS STEHT AUF DEM SPIEL? Die Invasion von Naboo durch die Handelsföderation zu beenden

BEGINN: 1:41:52 Die Föderation eröffnet das Feuer auf die Gungans

WER VS WEN? Gungangs VS die Droidenarmee / Amidala VS die Föderation / Jedi VS Sith / Flotte von Naboo VS das Föderationsschiff

WICHTIGE KÄMPFER

REPUBLIK

JAR JAR BINKS | ROOS TARPALS | PADMÉ AMIDALA | QUARSH PANAKA

JEDI

QUI-GON JINN | OBI-WAN KENOBI

ANDERE

ANAKIN SKYWALKER

SITH

DARTH MAUL

FÖDERATION

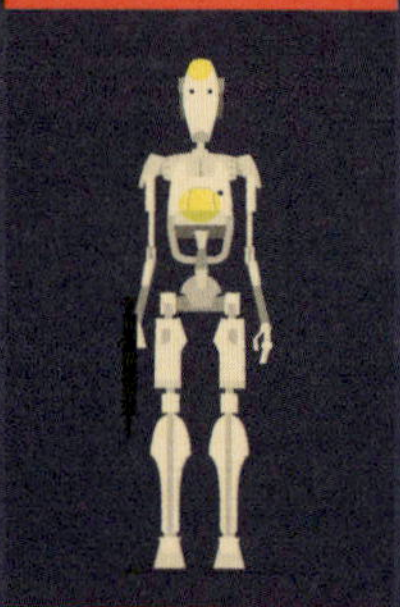

DROIDEN

1) Chronologie und Ereignisse
Ebene von Naboo

1:41:52 Die Föderation eröffnet das Feuer

1:44:25 Droiden werden entladen

1:45:10 Droiden durchbrechen den Schutzschirm der Gungans

1:52:03 Schutzschild der Gungans bricht zusammen

1:55:25 Jar Jar und Roos Tarpals sind eingekreist

1:58:33 Droiden werden unschädlich gemacht

Kurzinfo

ZAHL DER AM BODEN EINGESETZTEN DROIDEN: 10 MULTI-TRUPPENTRANSPORTER, ALSO ÜBER 1 000 DROIDEN (1 MTT = 112 B1-KAMPFDROIDEN ODER 20 DROIDEKAS)

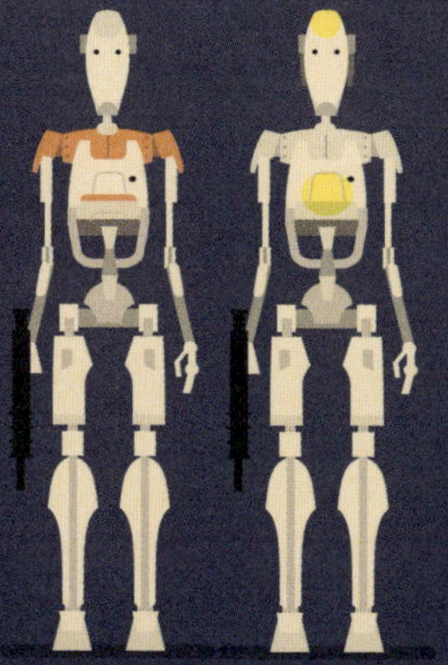

JAR JAR BINKS' MISSGESCHICKE

1:45:20 Fällt vom Kaadu

1:45:33 Ausgeschaltet durch seinen eigenen Booma

1:48:46 Panikattacke

1:48:54 Bleibt mit dem Fuß in einem Draht hängen

1:48:58 Macht aus Versehen 3 Droiden aktionsunfähig

1:52:16 Versteckt sich unter einem Fahrzeug, das gerade losfährt

1:52:30 Setzt aus Versehen eine Ladung explosiver Boomas frei

1:52:39 Flüchtet vor den rollenden Boomas

1:52:55 Landet auf dem Geschütz eines AAT

1:53:04 Schafft es nicht, einen Booma zu fangen; der zerstört einen Droiden

1:55:33 Ergibt sich wie ein Feigling

2) Chronologie und Ereignisse
Palast von Naboo – Hangar von Theed

1:41:58 Amidala und die Jedi erreichen den Palast von Naboo (er ist in der Hand der Föderation)

1:42:16 Erster Schuss auf ein AAT der Föderation

1:42:43 Sie dringen in den Hangar von Theed ein

1:43:08 Die Naboo-Sternjäger starten

1:43:22 Anakin besteigt einen Sternjäger

1:43:28 Erster Abschuss, Naboo verliert einen Sternjäger

1:46:00 Darth Maul tritt auf

1:46:06 Amidalas Gruppe trennt sich

1:46:17 Droidekas erscheinen

1:46:53 Anakin startet seinen Sternjäger

1:47:04 Anakin zerstört die Droidekas

1:47:10 Anakin fliegt los

1:50:10 Amidala und Panaka klettern aus dem Fenster

1:55:35 Amidala und Panaka werden verhaftet

1:55:52 Die Doppelgängerin der Königin erscheint WENDEPUNKT

1:56:06 Amidala übernimmt den Palast

3) Chronologie und Ereignisse
Hangar von Theed – Energiegenerator von Theed

1:46:29 Darth Maul aktiviert sein Lichtschwert

1:46:33 Obi-Wan und Qui-Gon aktivieren ihre Lichtschwerter

1:51:34 Kampfunterbrechung

1:55:01 Qui-Gon wird besiegt WENDEPUNKT

1:56:30 Obi-Wan nimmt den Kampf wieder auf

1:56:47 Obi-Wan zerschlägt Darth Mauls Lichtschwert

Krach!

1:57:10 Obi-Wan stürzt in den Schacht und verliert sein Lichtschwert

1:59:10 Obi-Wan ergreift Qui-Gons Lichtschwert

1:59:13 Er zerteilt Darth Maul in der Körpermitte

KURZINFO

Schlagabtausch der Lichtschwerter: 115

4) CHRONOLOGIE UND EREIGNISSE

WELTRAUM – DROIDEN-KONTROLLSCHIFF

1:43:46 Die Flotte kommt in Reichweite des Kontrollschiffs Vuutun Palaa

1:43:53 Erste Schusswechsel (Naboo grün, Föderation rot)

1:49:20 Anakin erreicht Vuutun Palaa

1:54:06 Anakin landet auf dem Kontrollschiff Vuutun Palaa

1:57:28 Anakin gelingt es, den Sternjäger zu starten WENDEPUNKT

1:57:38 Anakin trifft den Reaktor des Kontrollschiffes

1:57:53 Anakin entkommt von Vuutun Palaa

1:57:57 Vuutun Palaa explodiert

BOOM!

REISEROUTEN WICHTIGER CHARAKTERE

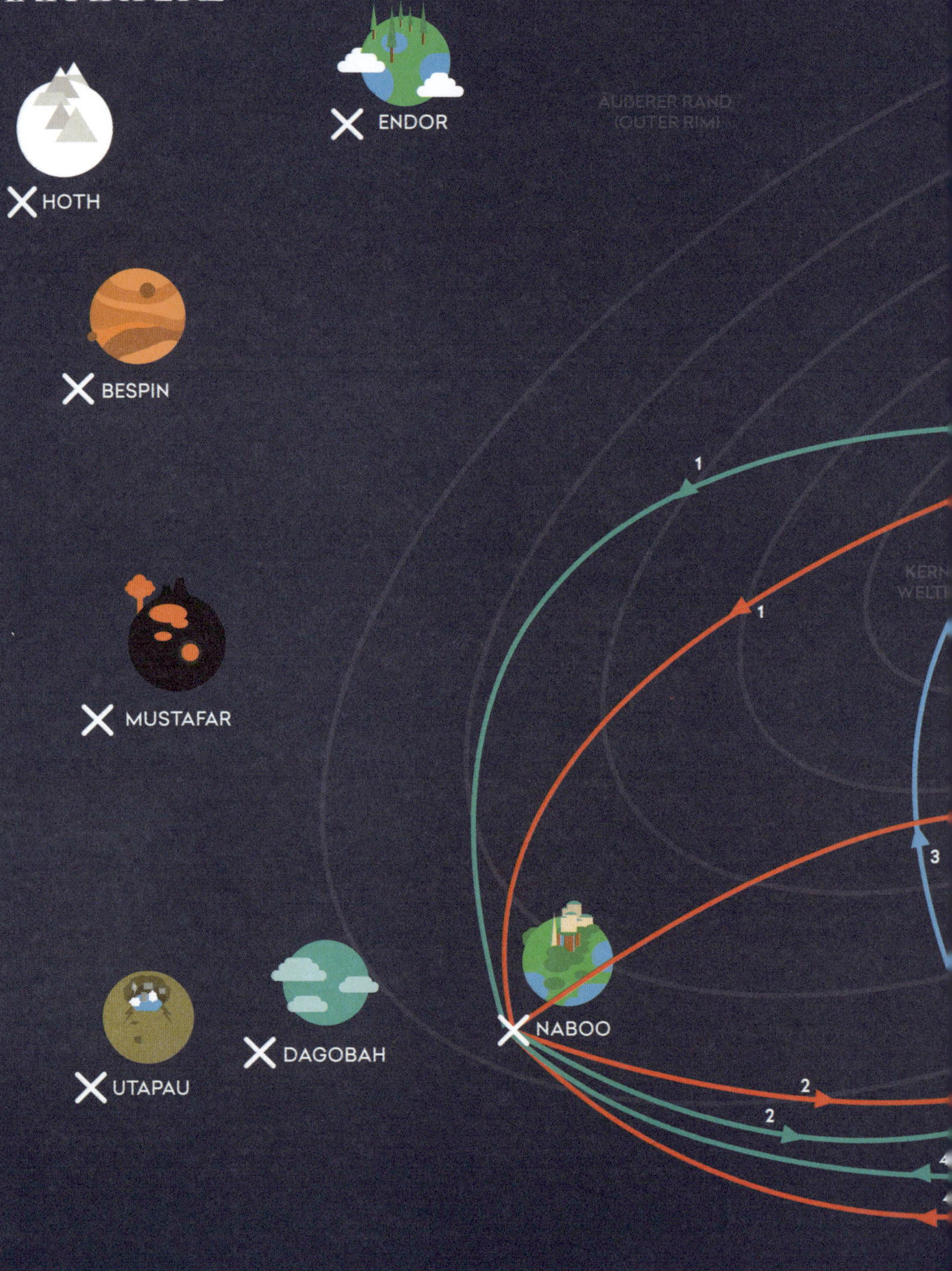

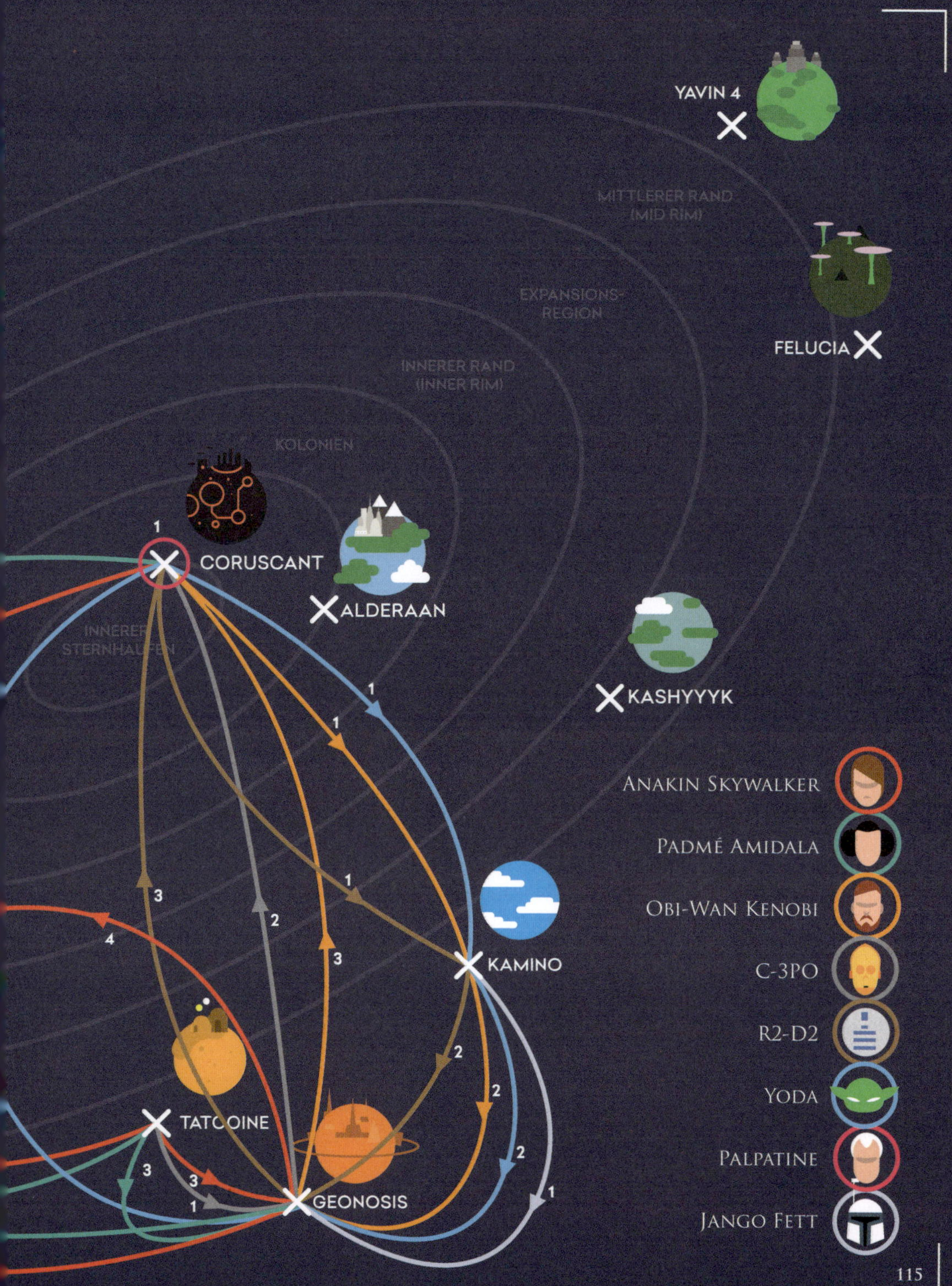
YAVIN 4
MITTLERER RAND
(MID RIM)
EXPANSIONS-
REGION
FELUCIA
INNERER RAND
(INNER RIM)
KOLONIEN
CORUSCANT
ALDERAAN
INNERER
STERNHAUFEN
KASHYYYK
KAMINO
TATOOINE
GEONOSIS
Anakin Skywalker
Padmé Amidala
Obi-Wan Kenobi
C-3PO
R2-D2
Yoda
Palpatine
Jango Fett

DIE ENTSCHEIDUNGSSCHLACHT

Ort: Geonosis: Petranaki-Arena / in der Luft und am Boden / Dookus Hangar

Dauer/Beginn: 1:45:33 **Ende:** 2:05:26 = 19,53 Minuten

Was steht auf dem Spiel? Zerstörung einer Droidenfabrik und die Gefangennahme von Count Dooku

Beginn: Windu aktiviert sein Lichtschwert – **Ende:** Dooku entkommt

Wer vs wen? Klonarmee unter Yodas Kommando und Hoher Rat der Jedi unter Windus Kommando VS die Separatisten unter Dooku

Wichtige Kämpfer

Republik

Obi-Wan Kenobi	Padmé Amidala	Anakin Skywalker	Mace Windu	Yoda

Separatisten

Jango Fett	Count Dooku

1) Chronologie und Ereignisse

Geonosis: Petranaki-Arena

1:45:33 Mace Windu aktiviert sein Lichtschwert

1:45:43 Die Jedi des Hohen Rates greifen in den Kampf ein

1:46:10 Die Separatisten eröffnen das Feuer

1:46:14 Jango Fett greift mit einem Flammenwerfer an

1:46:21 Die Droidenarmee stürmt in die Arena

1:46:33 Anakin und Obi-Wan ergreifen ihre Lichtschwerter

1:47:52 Jango Fett tötet einen Jedi (Coleman Trebor)

1:48:40 Mace Windu köpft Jango Fett

1:50:56 Der Kampf wird unterbrochen

1:51:42 Yoda und die Klonarmee greifen in den Kampf ein
WENDEPUNKT

Kurzinfo

JEDI IN DER ARENA: 212
179 im Kampf gefallen

Von C-3PO abgegebene Schüsse: 15

Jango Fett VS Reek

1:48:17 Reek spießt Jango auf
1:48:20 Reek trampelt auf Jango herum
1:48:31 Jango tötet den Reek

Obi-Wan Kenobi VS Acklay

1:49:53 Obi-Wan tötet den Acklay
1:52:53 Boba Fett holt sich Jango Fetts Helm

2) CHRONOLOGIE UND EREIGNISSE

PETRANAKI-ARENA: IN DER LUFT UND AM BODEN

BOOM!

1:53:22 Zerstörung einer Brennstoffzelle auf Geonosis

1:53:58 Ein TFAT/i-Kanonenboot wird zerstört

BOOM!

1:54:18 Mace Windu übernimmt das Kommando am Boden

1:54:28 Yoda übernimmt das Kommando in der Luft

1:56:53 Dooku entkommt mit den Plänen des Todessterns

1:57:33 Zerstörung eines Föderationsschiffs

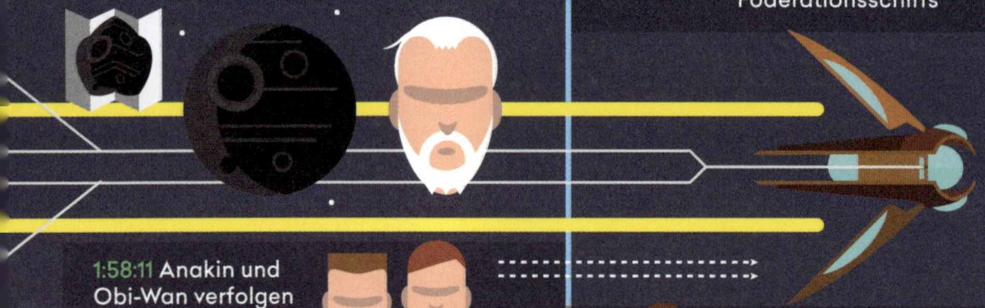

1:58:11 Anakin und Obi-Wan verfolgen Dooku

1:58:31 Amidala fällt aus einem TFAT/i-Kanonenboot

1:59:30 Dooku erreicht seinen Hangar

1:59:38 Anakin und Obi-Wan erreichen den Hangar

2:00:48 Amidala wacht aus der Bewusstlosigkeit auf

KURZINFO

1:56:01 In Dookus Kommandozentrale wird zum ersten Mal der Todesstern erwähnt

3) Chronologie und Ereignisse

Dookus Hangar

- 1:59:59 Dooku streckt Anakin mit Machtblitzen nieder
- 2:00:13 Obi-Wan blockiert die Machtblitze mit seinem Lichtschwert
- 2:00:21 Dooku aktiviert sein Lichtschwert
- 2:00:46 Anakin wacht aus der Bewusstlosigkeit auf
- 2:01:19 Dooku verwundet Obi-Wan
- 2:01:30 Anakin rettet Obi-Wan
- 2:01:41 Anakin mit zwei Lichtschwertern
- 2:01:45 Dooku schlägt das grüne Lichtschwert weg
- 2:02:17 Dooku schlägt Anakins Arm ab
- 2:02:34 Yoda erscheint **WENDEPUNKT**
- 2:02:50 Yoda wehrt Dookus Machtblitze ab
- 2:03:55 Dooku aktiviert sein Lichtschwert
- 2:04:01 Yoda aktiviert sein Lichtschwert
- 2:04:40 Dooku schlägt einen Tank ab
- 2:04:42 Yoda rettet Obi-Wan und Anakin
- 2:05:10 Amidala erreicht den Hangar
- 2:05:16 Dooku entkommt

Kurzinfo

SCHLAGABTAUSCH DER LICHTSCHWERTER: 42 (Obi-Wan/Anakin/Dooku) – 28 (Yoda/Dooku)
VON YODA ABGEWEHRTE GESCHOSSE: 5
YODAS SPRÜNGE: 18 in 42 Sekunden = ein Sprung alle 2:33 Sekunden

REISEROUTEN WICHTIGER CHARAKTERE

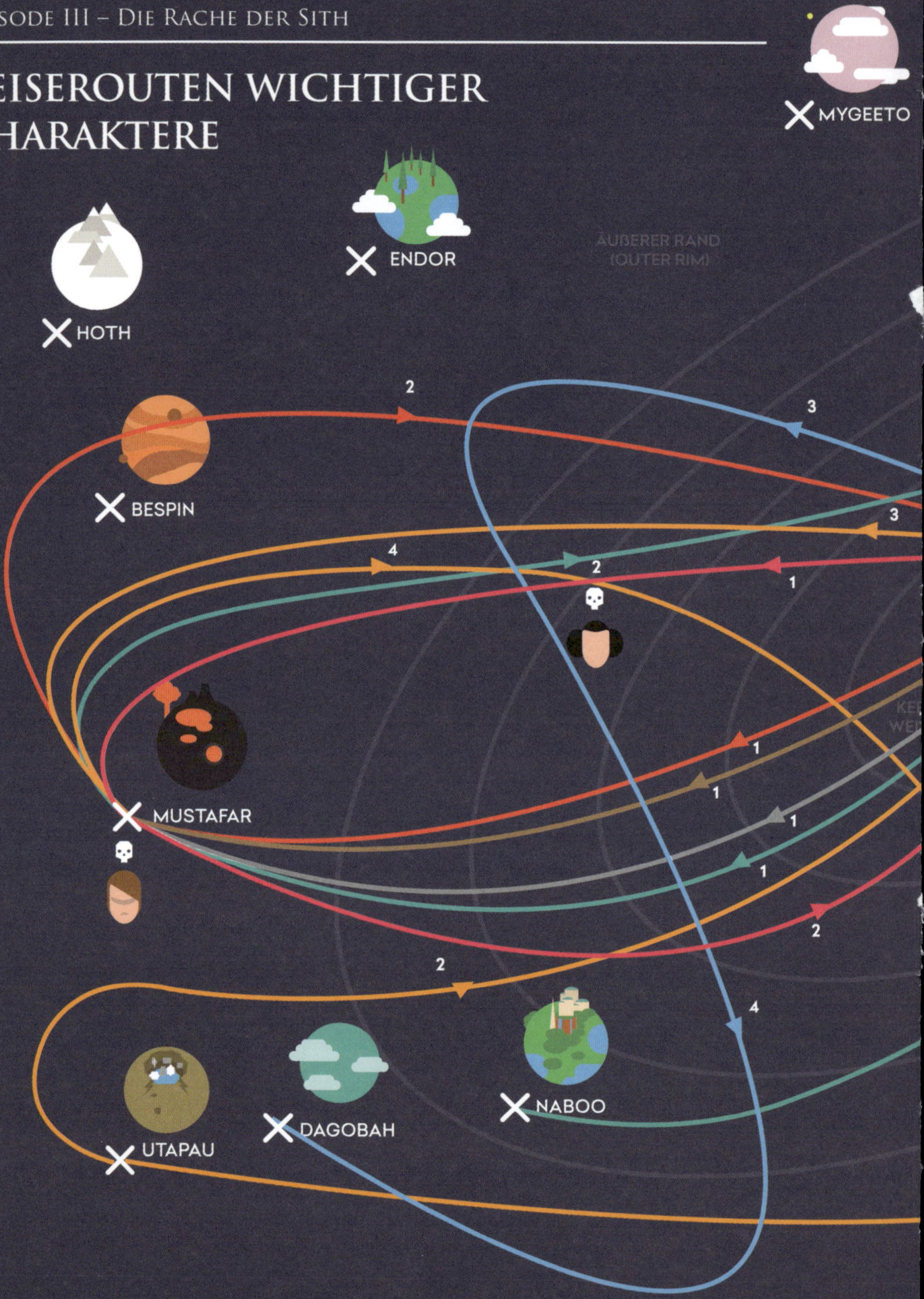

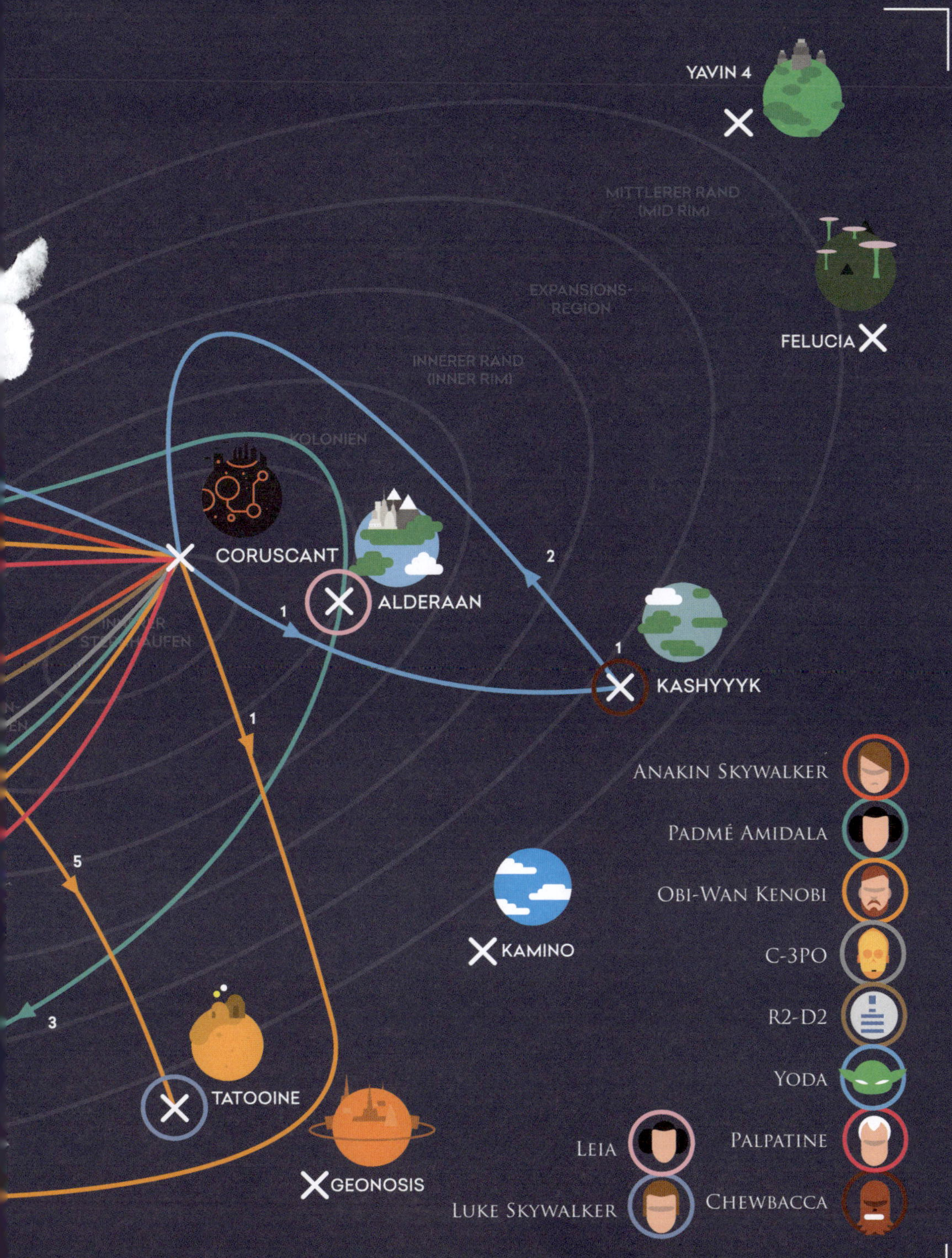
YAVIN 4
MITTLERER RAND
(MID RIM)
FELUCIA
EXPANSIONS-
REGION
INNERER RAND
(INNER RIM)
KOLONIEN
CORUSCANT
ALDERAAN
2
1
1
KASHYYYK
1
5
3
KAMINO
TATOOINE
GEONOSIS
ANAKIN SKYWALKER
PADMÉ AMIDALA
OBI-WAN KENOBI
C-3PO
R2-D2
YODA
LEIA
PALPATINE
LUKE SKYWALKER
CHEWBACCA

DIE ENTSCHEIDUNGSSCHLACHT

Ort: Mustafar / Coruscant

Dauer/Beginn: 1:41:47 **Ende:** 1:56:20 = 14,33 Minuten

Beginn: Obi-Wan landet auf Mustafar

Ende: Anakins Beine werden abgeschlagen / Yoda fällt

Wer gegen wen? Jedi VS Sith

Wichtige Kämpfer

Republik			Sith	Im Übergang
Obi-Wan Kenobi	Padmé Amidala	Yoda	Darth Sidious	Anakin Skywalker

1) Chronologie und Ereignisse

Mustafar

1:41:47 Obi-Wan landet

1:42:00 Anakin würgt Amidala mit der Macht

1:42:27 Anakin wirft seinen Umhang ab

1:42:31 Obi-Wan wirft seinen Umhang ab

1:43:30 Obi-Wan aktiviert sein Lichtschwert

1:43:32 Anakin aktiviert sein Lichtschwert

1:43:34 Erster Schlagabtausch

Drinnen

1:46:28 Anakin würgt Obi-Wan

1:47:34 Macht VS Macht

1:49:43 Kampf auf den Dampfleitungen

Draußen

1:52:48 Obi-Wan landet über dem Lavastrom

1:53:08 Anakin landet über dem Lavastrom

1:54:28 Obi-Wan springt von der schwebenden Plattform auf festen Boden und gewinnt die Oberhand
WENDEPUNKT

1:54:45 Anakin springt von der schwebenden Plattform

1:54:48 Obi-Wan schlägt Anakins Arm und die Beine ab

KURZINFO

SCHLAGABTAUSCH
DER LICHTSCHWERTER: 168

TRITTE: 7

2) Chronologie und Ereignisse
Unter dem Senat / In der Senatsrotunde

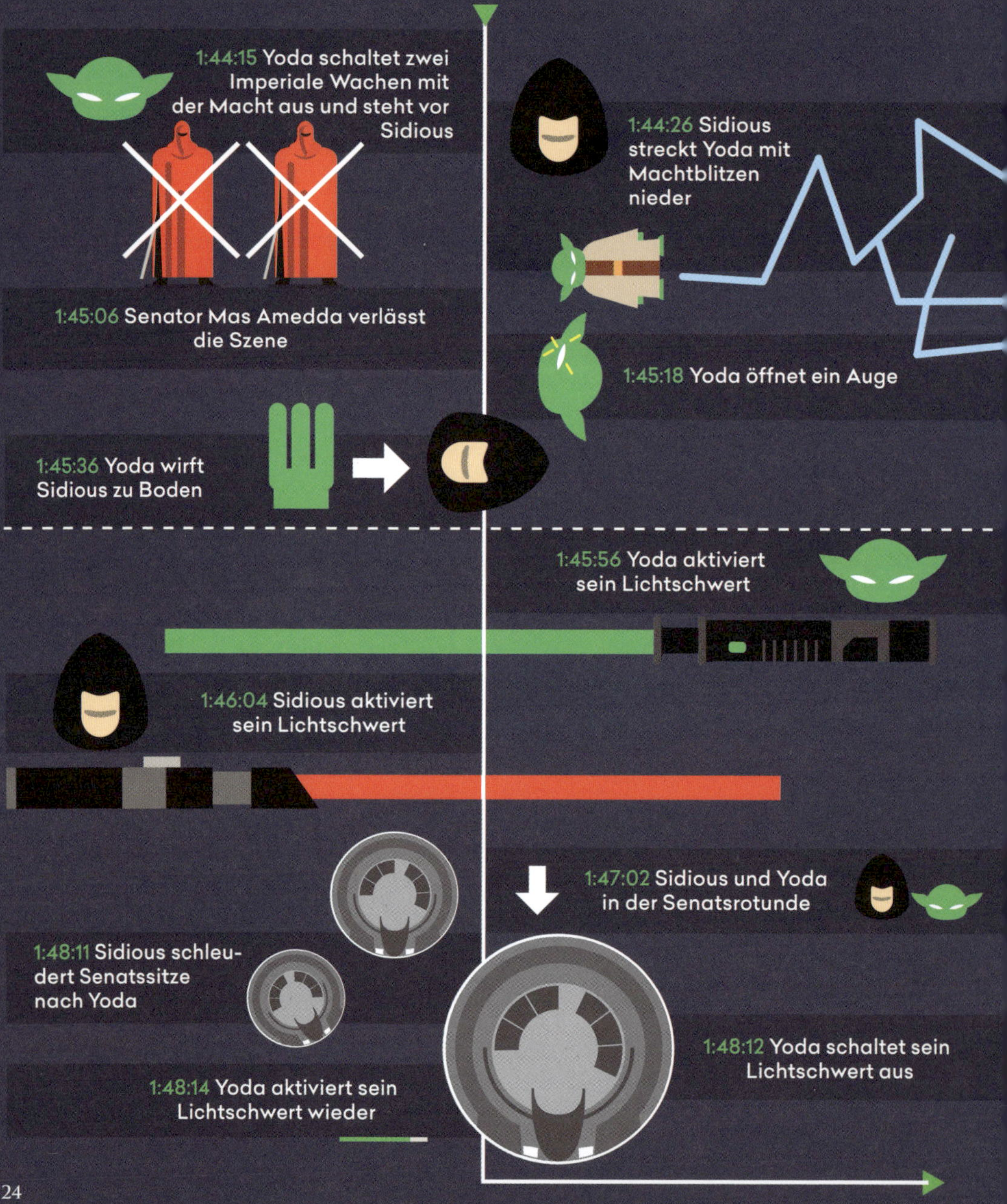

1:48:58 Sidious entwaffnet
Yoda mit Machtblitzen
WENDEPUNKT

1:49:01 Duell der Machtblitze

BOOM!

1:49:15 Explosionsartige Entladung
von Machtblitzen

BOOM!

BOOM!

1:49:18 Yoda stürzt
in die Tiefe

Kurzinfo

SCHLAG-
ABTAUSCH DER
LICHTSCHWERTER: 40

DARTH
SIDIOUS
2 SPRÜNGE

YODA
24 SPRÜNGE
6 GESCHOSSE ABGEWEHRT
1 GESCHOSS ZURÜCK-
GESCHLEUDERT

ANZAHL DER VERSCHIEDENEN OUTFITS DER CHARAKTERE IN DEN FILMEN

OBI-WAN KENOBI [insgesamt: 1]

Ep. I: 1
Ep. II: 1
Ep. III: 1

QUI-GON JINN [insgesamt: 1]

Ep. I: 1

ANAKIN SKYWALKER [insgesamt: 6]

Ep. I: 3
Ep. II: 2
Ep. III: 1

PADMÉ AMIDALA [insgesamt: 36]

Ep.I: 10
Ep. II: 15
Ep. III: 11

JAR-JAR BINKS [insgesamt: 3]

Ep. I: 1
Ep. II: 1
Ep. III: 1

PALPATINE [insgesamt: 12]

Ep. I: 2
Ep. II: 3
Ep. III: 7